## JACOB

Un chat passe aux aveux

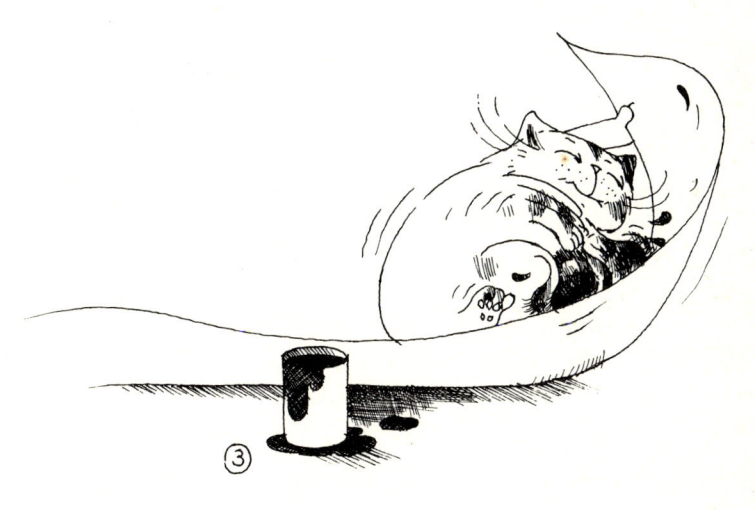

# JACOB

**Un chat passe aux aveux**

Sven Hartmann
et Thomas Härtner

BARRON'S   Woodbury, New York

© 1974, 1977: Benteli Verlag, 3011 Berne, Suisse
IMPRIMÉ À HONG KONG

### LE PLUS DIFFICILE, C'EST LE COMMENCEMENT

À vrai dire, je ne devrais pas m'intéresser autant à lui,
mais c'est ainsi: lorsqu'on vit ensemble, on observe l'autre et on s'interroge.
Un humain comme lui a des problèmes, il faut bien l'aider un peu!
Dès que je l'ai connu, mon humain . . . mais commençons plutôt par le commencement.

**D**ONC, il y a déjà bien longtemps, j'étais avec ma mère et mes frères et sœurs,
il faisait chaud, j'étais rassasié et content.
Je devais être encore tout petit car je ne me souviens plus que d'une chose:
un humain est venu, il avait de grands yeux qui faisaient peur, et des griffes.
Des griffes au bout rouge, à l'odeur désagréable.
Cet humain m'a tout simplement enlevé à ma mère pour me mettre dans une boîte sombre avec des trous.
C'était affreux! Qu'est-ce que j'ai crié! Mais cela n'a servi à rien.
Dans la boîte aussi, il faisait chaud, mais j'étais tout seul et j'ai été terriblement ballotté.
J'avais très peur mais je n'ai plus crié.
Il ne me viendrait pas à l'idée de le raconter à qui que ce soit . . .
mais ce que j'ai eu peur!

**S**OUDAIN, je n'ai plus été ballotté. J'ai entendu des voix inconnues. Puis il a de nouveau fait clair
et j'étais dans un tout autre lieu.
Il y avait là la boîte avec les trous, l'humain aux griffes rouges et un autre avec plein de poils
là où c'est le haut chez les humains. A travers les poils, on voyait ses dents et puis il a émis des sons
Ils appellent ça rire, je le sais maintenant. L'humain à l'odeur étrange
s'est également mis à rire et ils ont frotté leur tête l'une contre l'autre
et fait des bruits — comme s'ils lapaient du lait.

**L**'HUMAIN avec plein de poils autour de la bouche m'a sorti de la boîte.
J'avais peur et je m'y agrippais: elle au moins, je la connaissais déjà un peu!

**L**'HUMAIN a fait ma toilette, pas avec la langue comme ma mère,
mais avec ses drôles de pattes — les humains appellent cela "caresser" —
et cela m'a tout de même fait du bien.
Je me suis senti un peu mieux
et j'ai entrepris d'explorer à fond les environs.

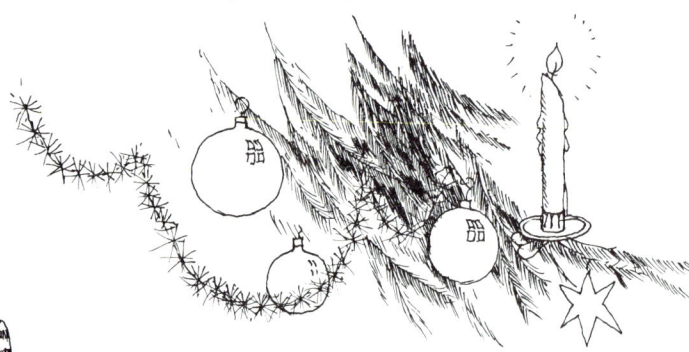

**I**L y avait là une espèce de support vert avec des aiguilles qui m'ont piqué le nez.
Dans le support étaient accrochées des choses rondes et multicolores et d'autres choses qui sentaient très bon.
Il y avait aussi des bâtonnets jaunes avec de petites lumières en haut
et celles-ci étaient très chaudes. J'ai préféré ne pas m'en approcher.

**E**NSUITE, ils m'ont donné du lait, mais je n'en ai pas voulu,
j'étais bien trop énervé. J'ai préféré jouer avec le ruban de ma boîte,
qui voulait toujours s'enrouler autour de moi. Il n'y a pas réussi.
L'humain avec les poils autour de la bouche s'est remis à rire,
j'étais fatigué et j'avais de nouveau peur.

**A**LORS il m'a pris et m'a mis dans sa chemise; là aussi, il y avait des poils
et il faisait bien chaud. Il m'a de nouveau nettoyé et a émis des sons doux et gentils
et je me suis senti de mieux en mieux.

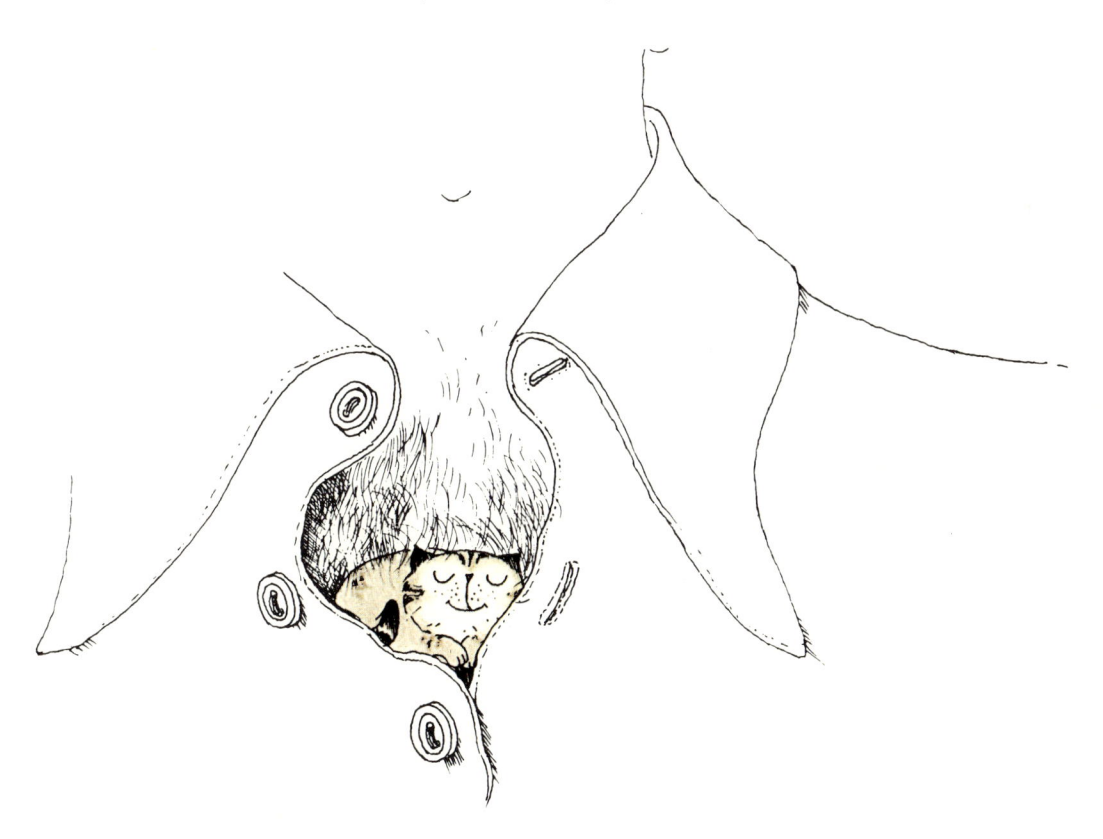

**C**'EST à ce moment-là que j'ai décidé qu'il serait MON humain, à moi et à personne d'autre.
Il était probablement d'accord car, depuis, il n'a jamais fait de fugues.

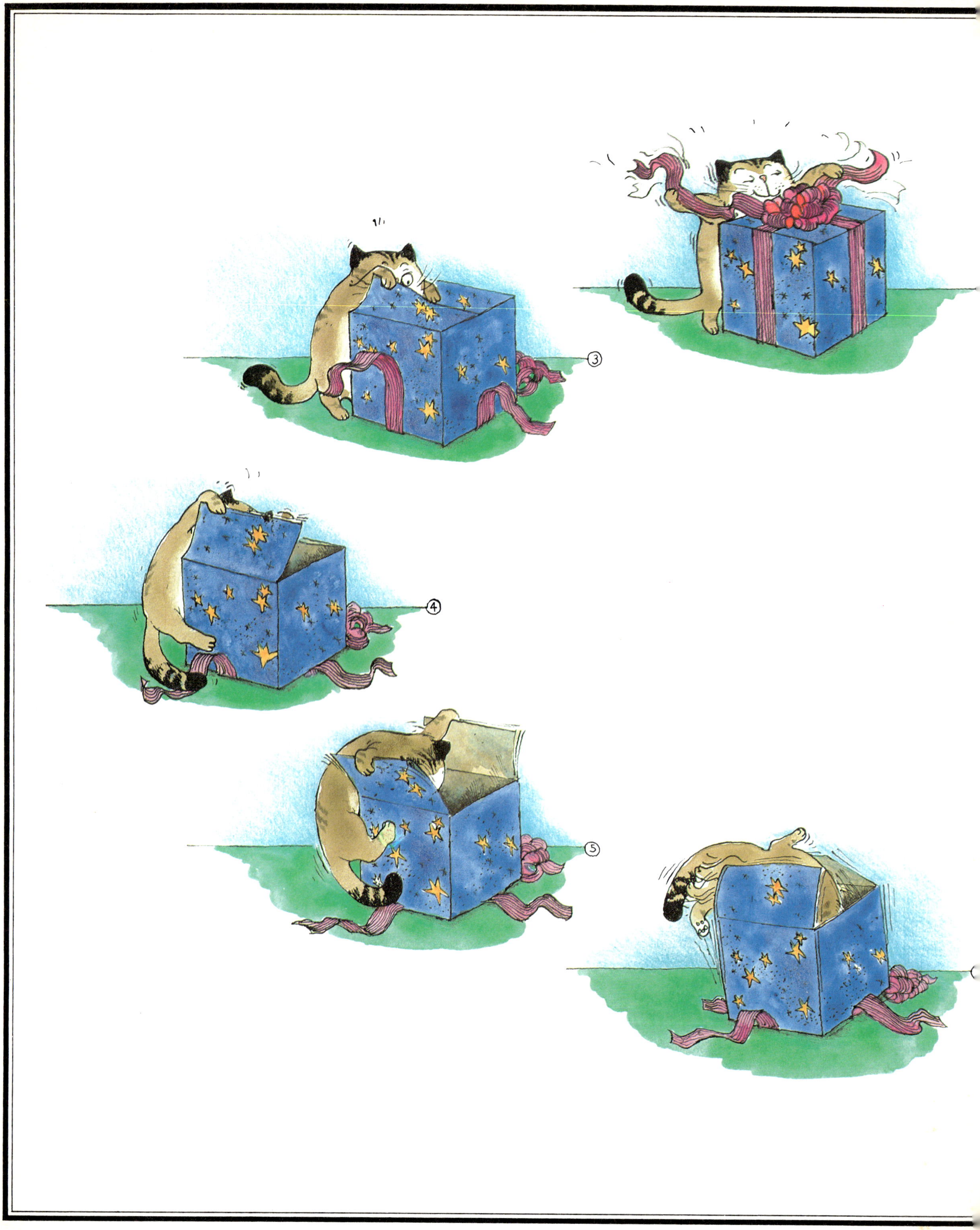
3
4
5

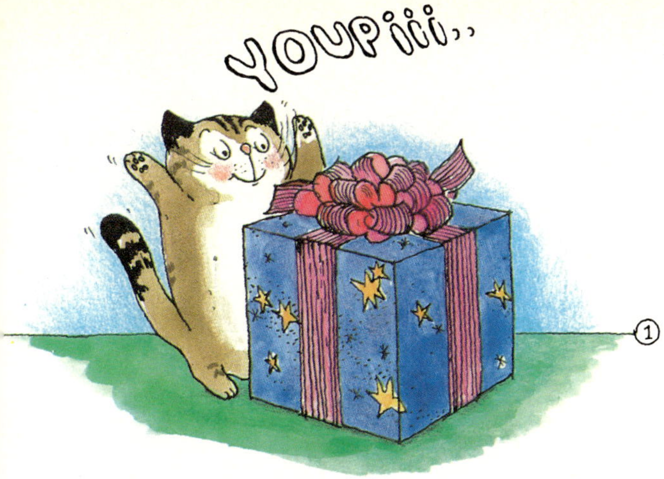
YOUPiii,,
1

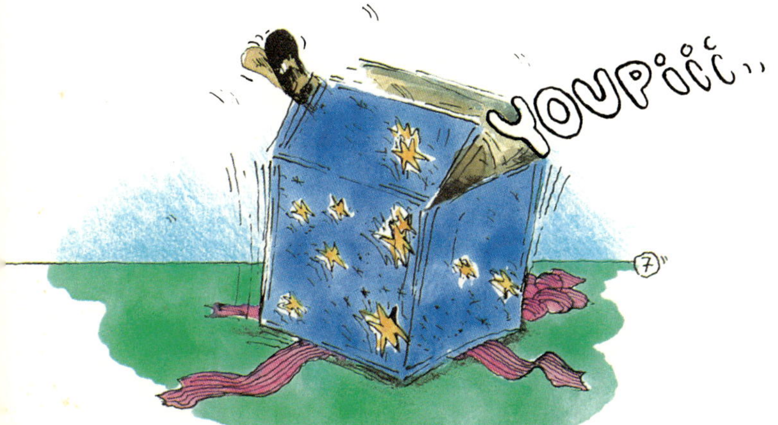
YOUPiii,,
7

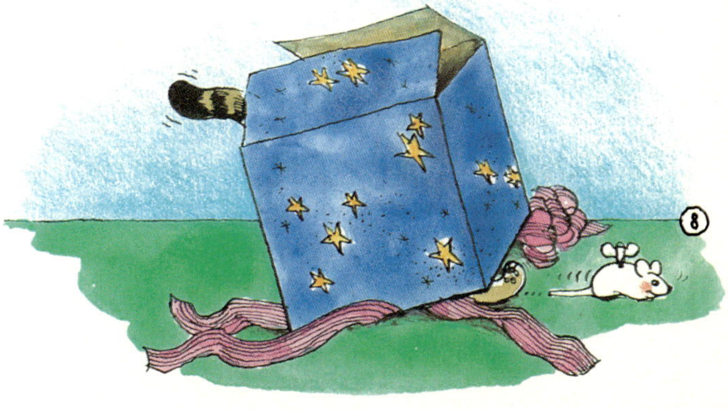
8

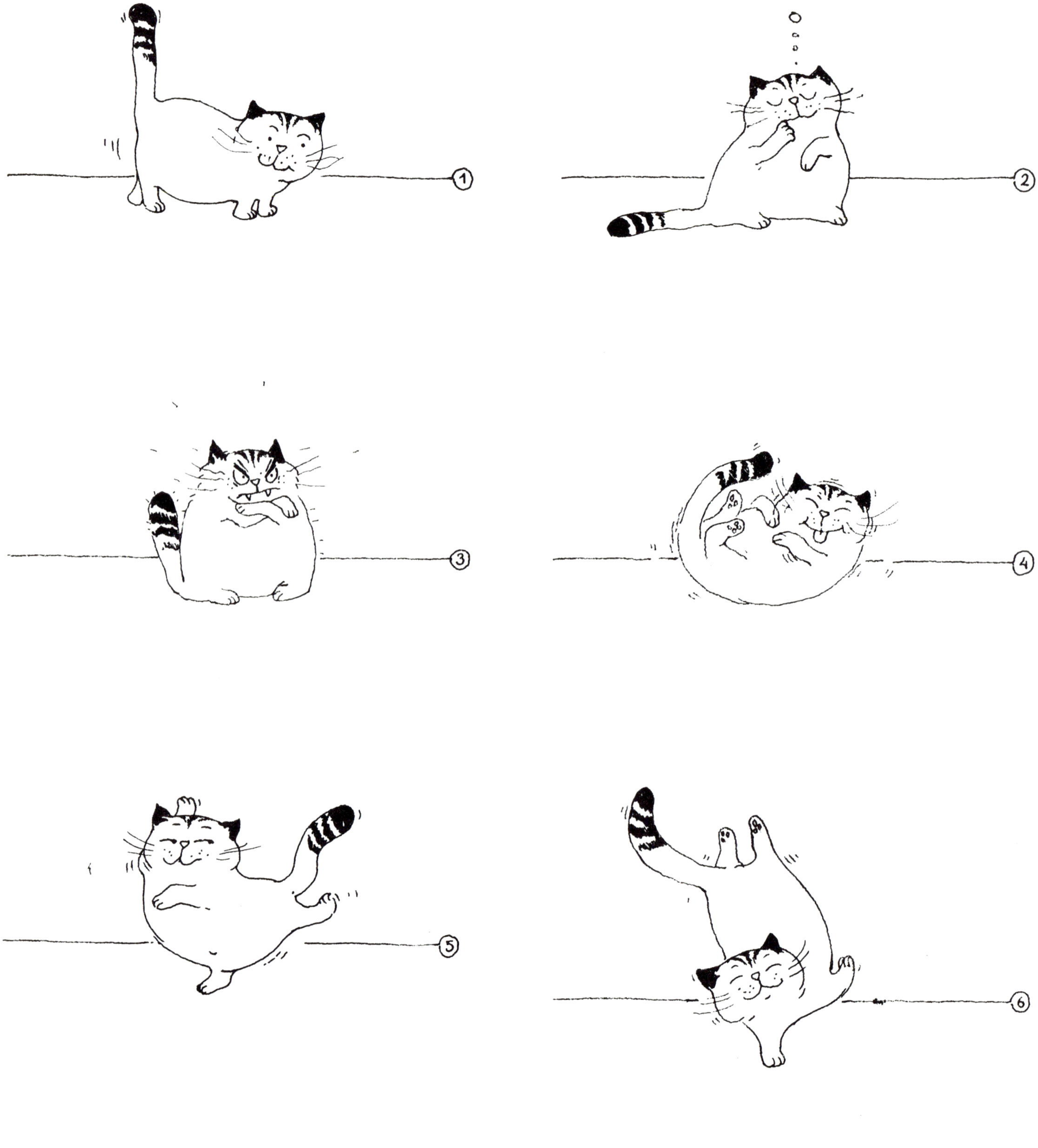
1
2
3
4
5
6

11

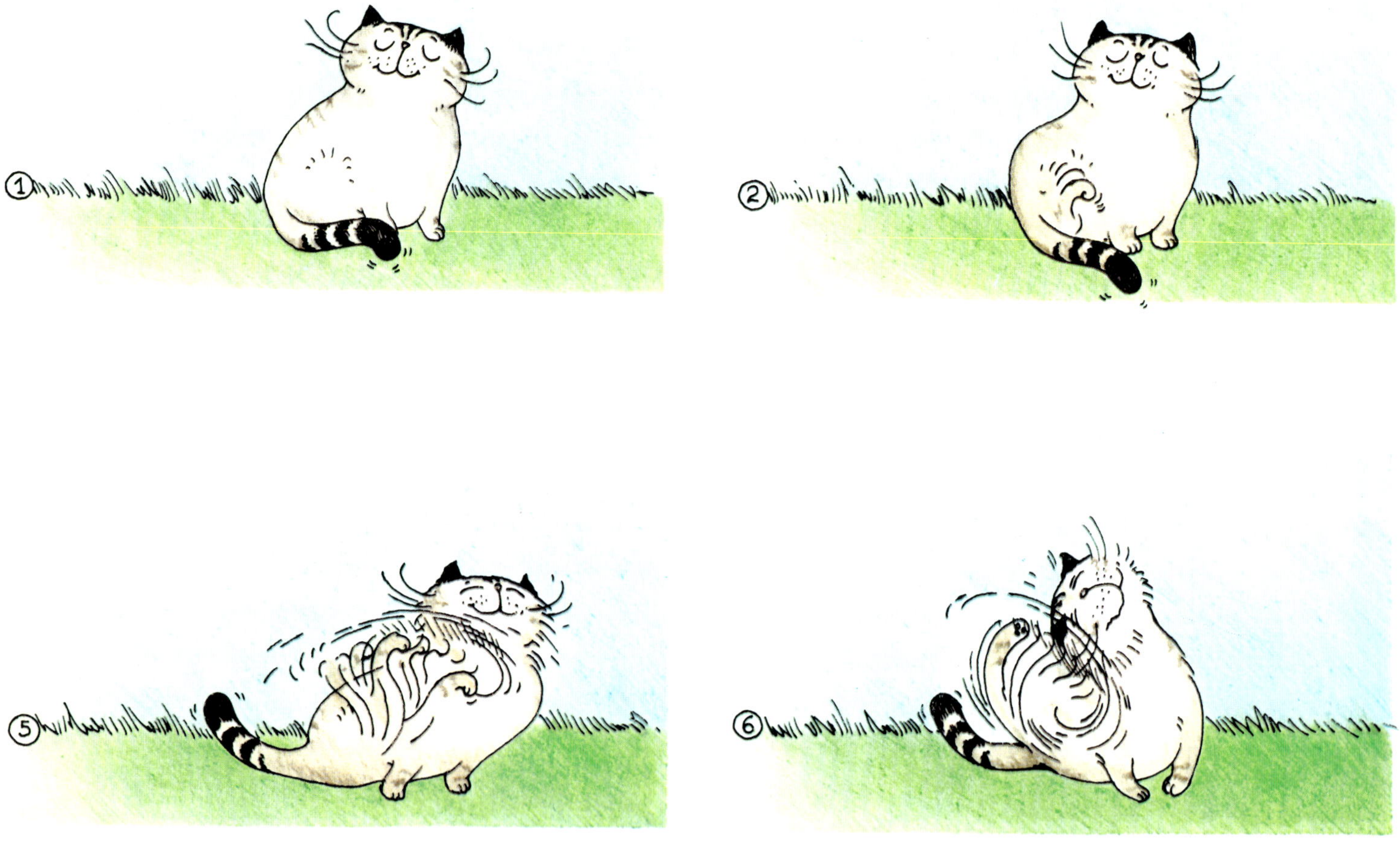
1
2
5
6

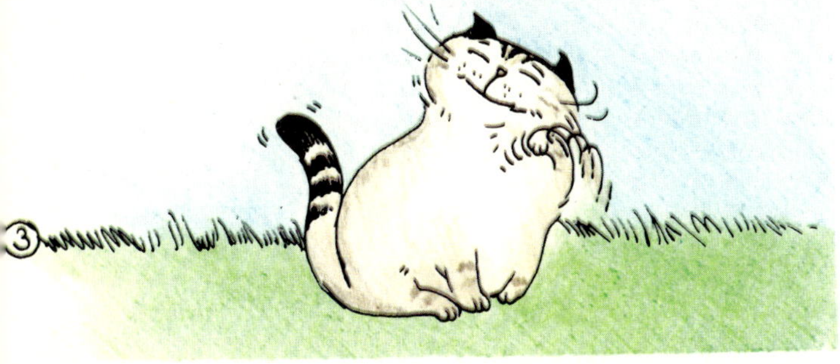
3

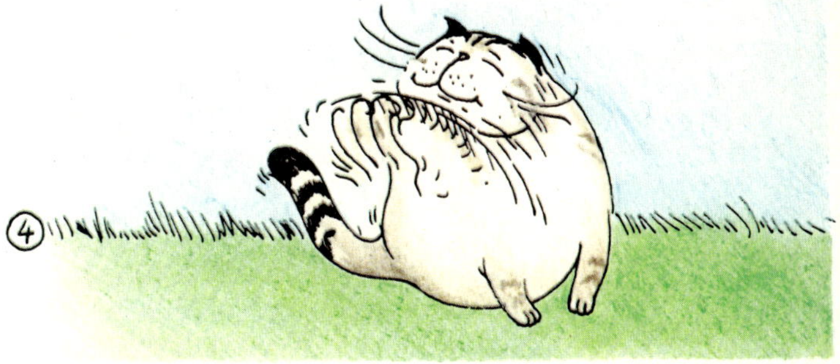
4

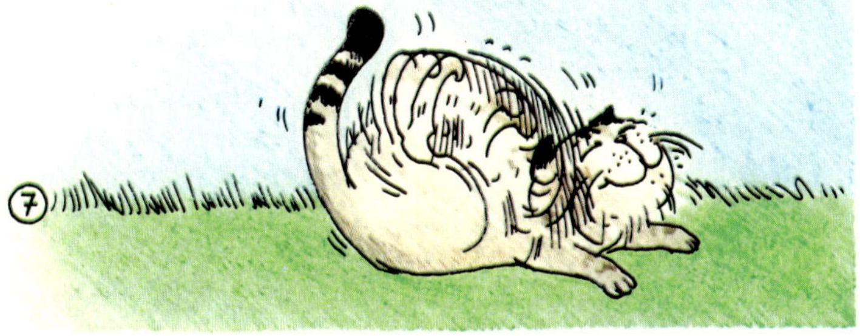
7

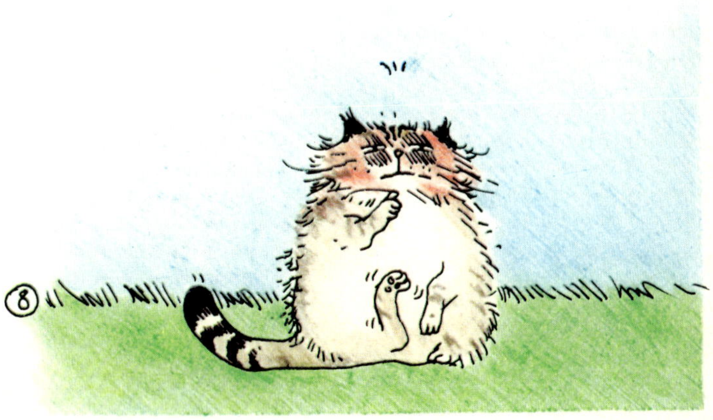
8

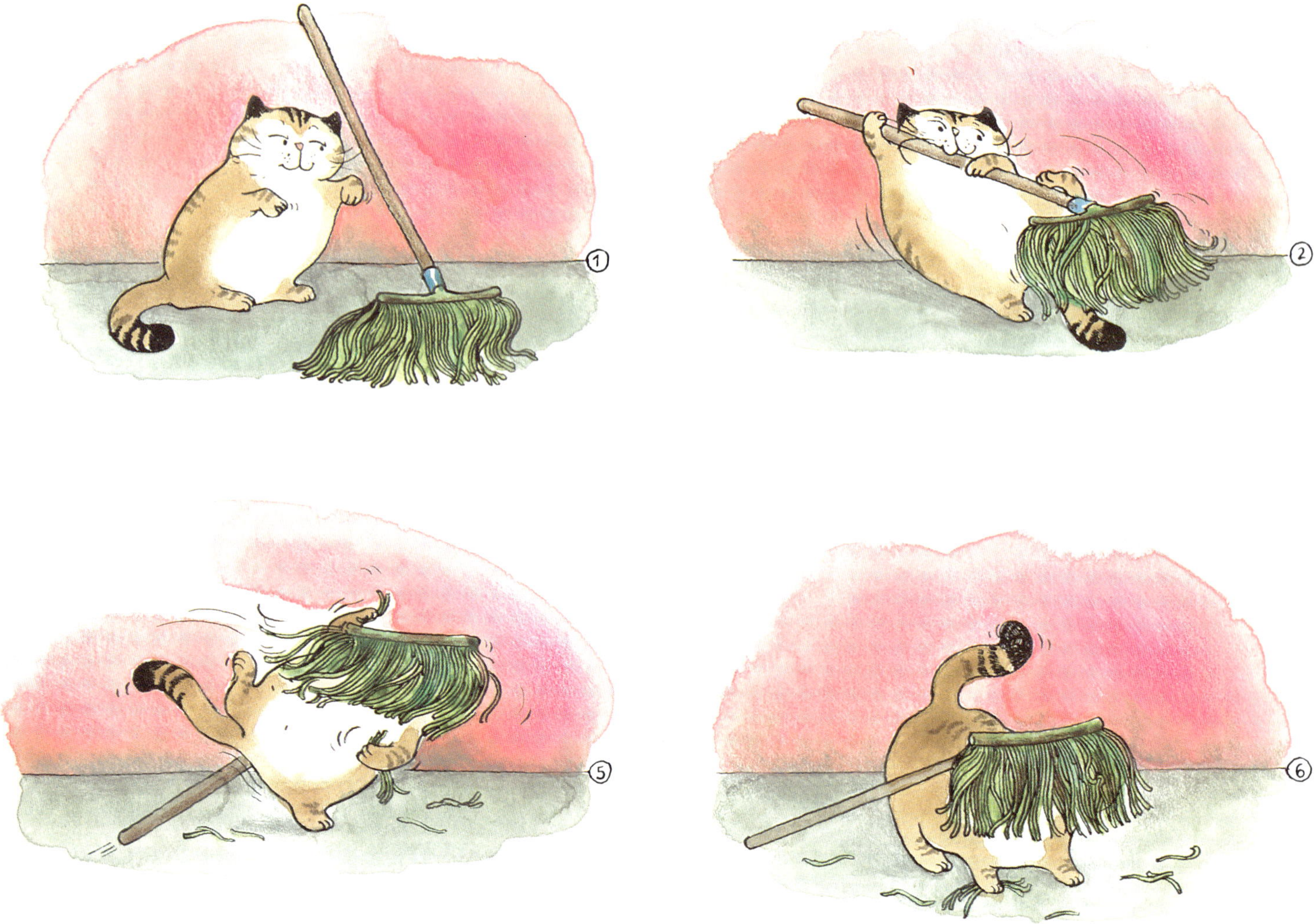
1
2
5
6

15

## MON HUMAIN À MOI

Lorsque j'ai adopté mon humain, j'étais encore très petit, mais j'avais déjà des moustaches.
C'est pour ne pas se cogner. Elles sont très belles
et il faut les porter avec dignité.

Ma queue aussi était très petite à l'époque.
Je ne cessais de courir après, sans jamais la rattraper. J'ai fini par renoncer.
Il m'arrive encore d'essayer, mais seulement lorsque mon humain ne regarde pas:
il aime tellement se moquer de moi. Il est pourtant lui-même assez bizarre.
Ses pieds par exemple: ils sont très grands et il peut en *changer*.
Parfois, ils brillent et sentent mauvais.
De plus, il est exagérément grand, mais ça me permet de grimper sur lui.
Il pousse alors des cris stridents. C'est rigolo.
Mon humain a les yeux tout en haut, eux non plus ne sont pas beaux.
Je suis obligé de détourner les miens lorsqu'il me regarde. Je passe alors tout simplement
de ses yeux à ses oreilles. Comme cela, il ne s'en rend pas compte.

Quant à ses oreilles, parlons-en! A quoi voulez-vous qu'elles servent!
Elles sont toutes ratatinées et il ne peut même pas les remuer!

Mais ce n'est pas tout. Mon humain a souvent une drôle d'odeur. Cela vient de ses baguettes.
Il les met dans la bouche au milieu des poils. Il s'en échappe un brouillard
qui fait mal aux yeux et sent fort! Mon nez me chatouille et
je suis obligé d'expulser beaucoup d'air. Alors, mon humain se remet à rire.

La voix de mon humain est rude et sonore, mais pas toujours. Parfois, sa voix est comme il faut,
alors je lui montre que cela me plaît. Je me frotte à ses jambes ou je me couche sur ses pieds.
Lorsque je trouve que sa voix est trop forte, je me retourne
et je m'en vais, et alors elle se fait d'elle-même plus douce.
Un humain, ça s'éduque!

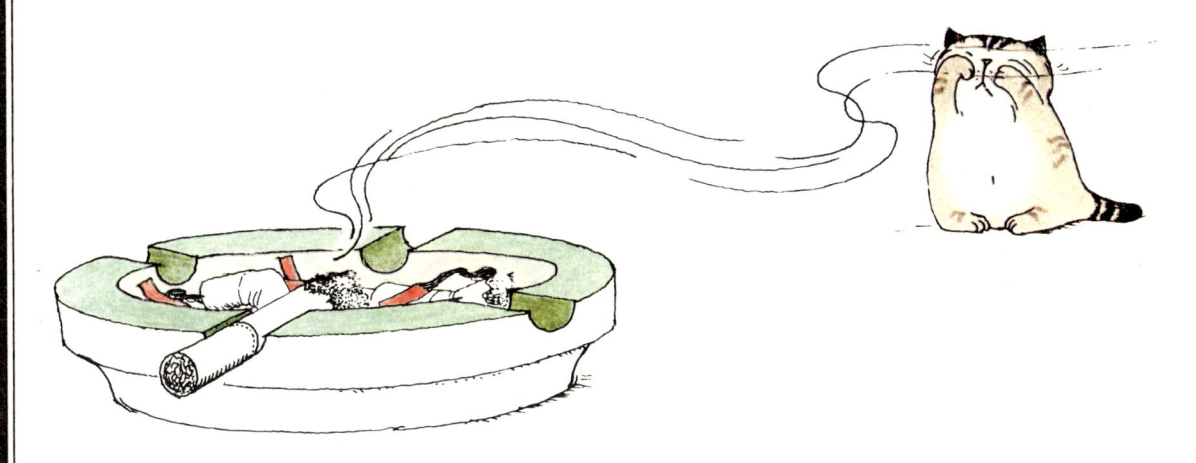

Ce qu'il y a de plus beau chez mon humain, ce sont ses pattes. Il a de longues griffes,
mais elles ne sont pas dures et aiguisées comme les miennes. Elles sont molles et articulées.
Avec ses griffes, mon humain me gratte doucement partout où j'ai du mal à me nettoyer
et aussi sur le ventre et là où commence ma queue.
Ou alors il s'en sert pour me caresser le dos. C'est agréable. Lorsque mon humain me caresse,
je chante tout doucement, parfois je m'endors.

1
2
3
4
5

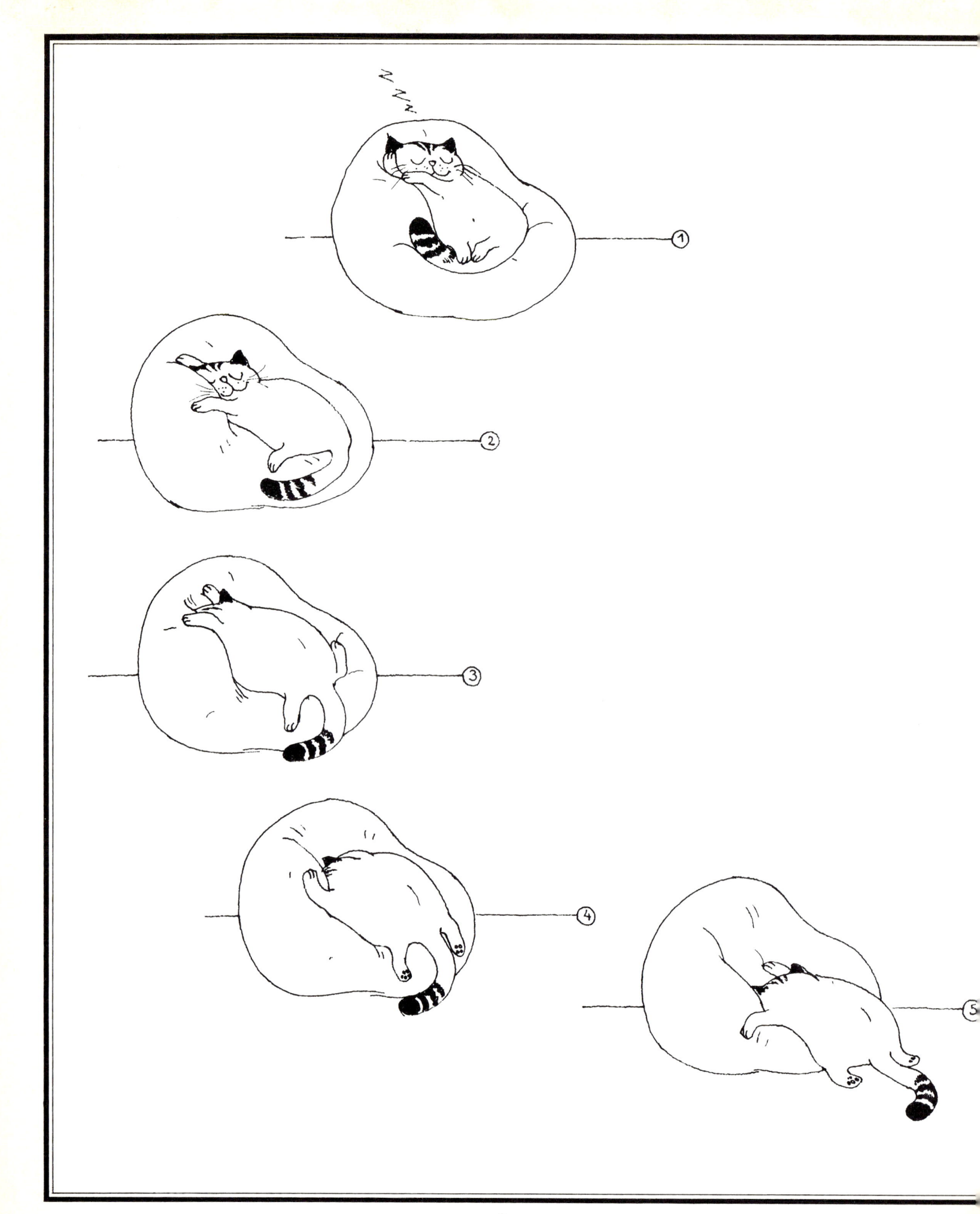

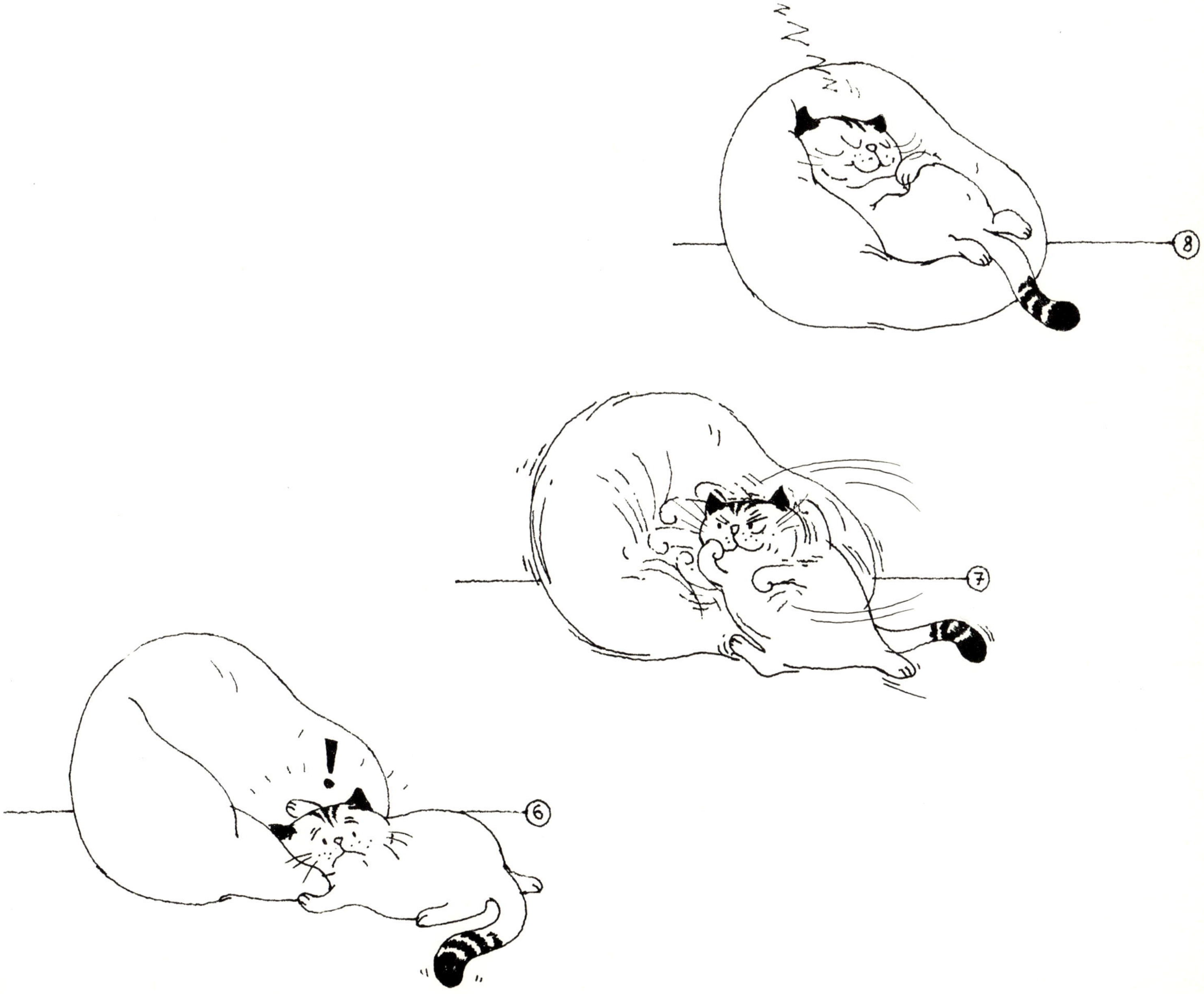
8
7
6

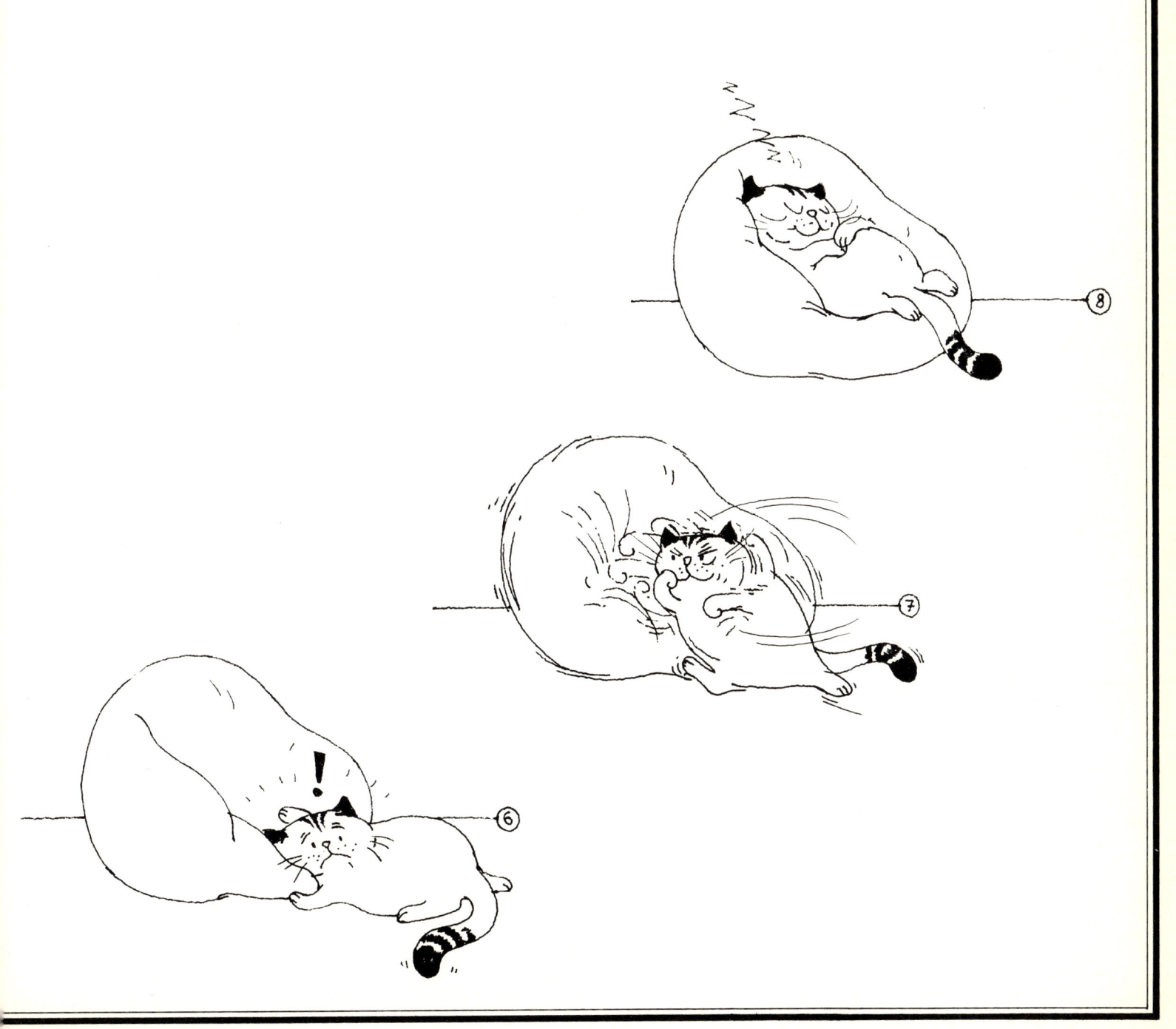

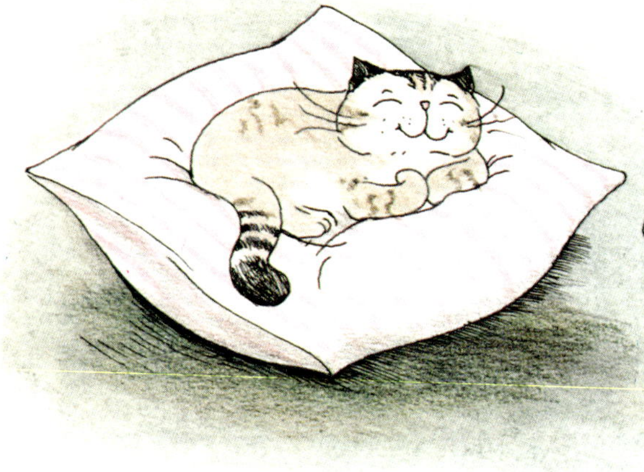

1

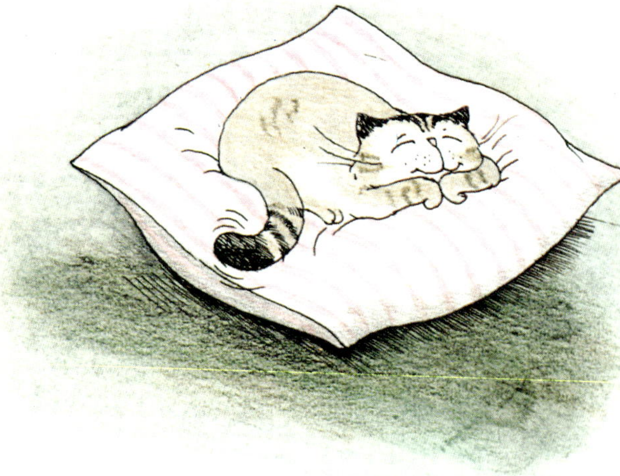

2

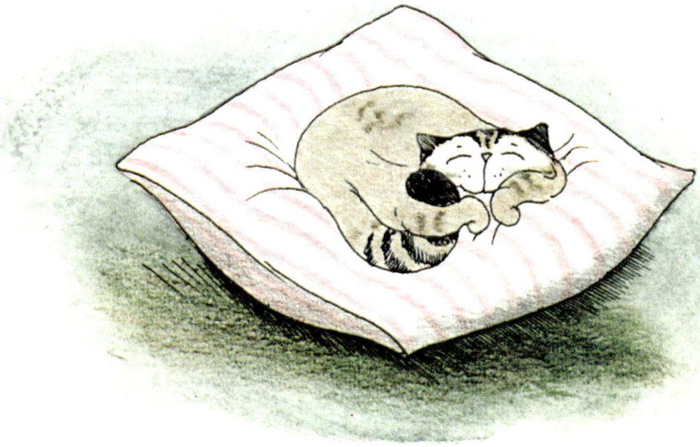

8

21

① ② ⑤ ⑥

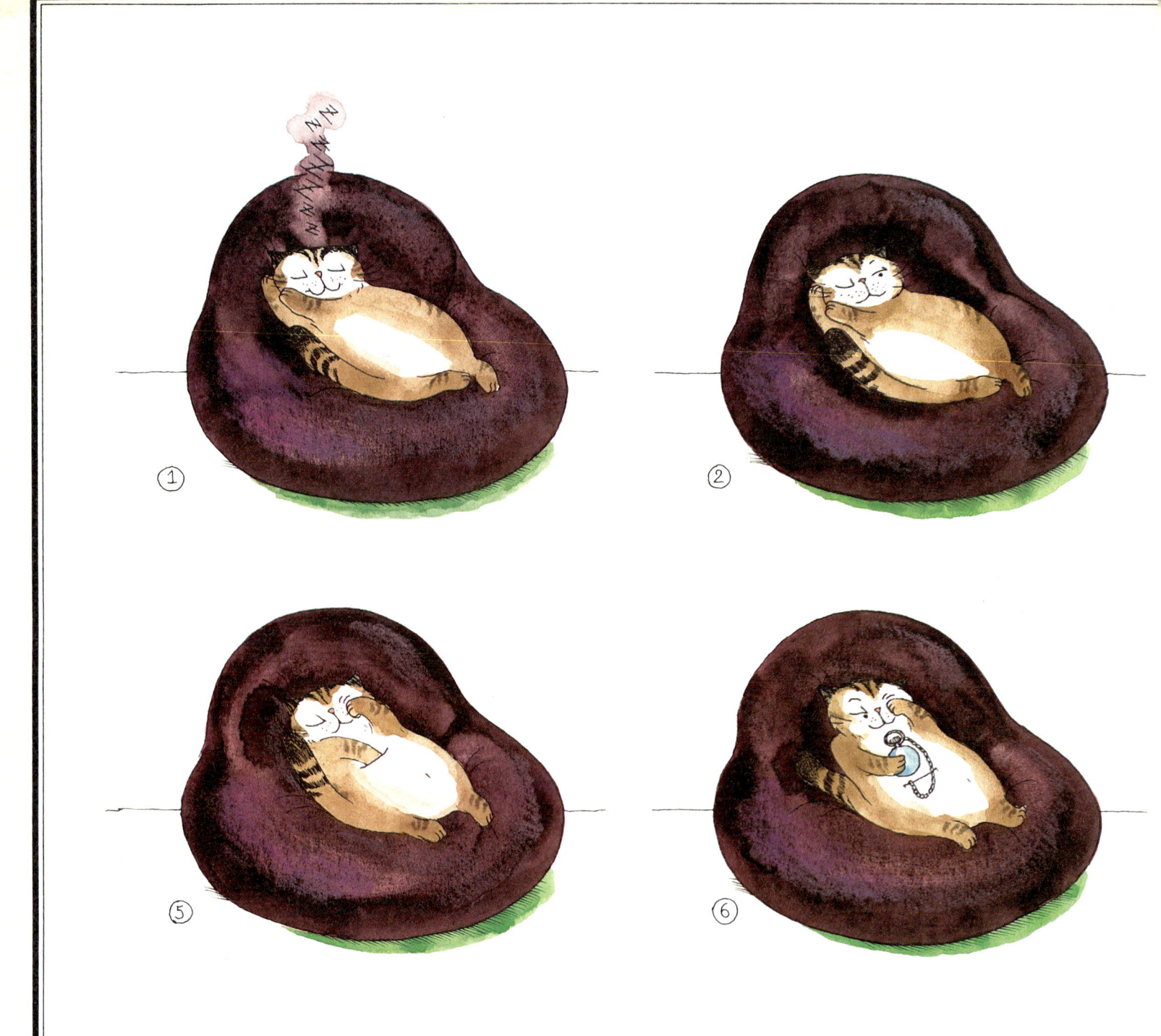

③
④
⑦
⑧

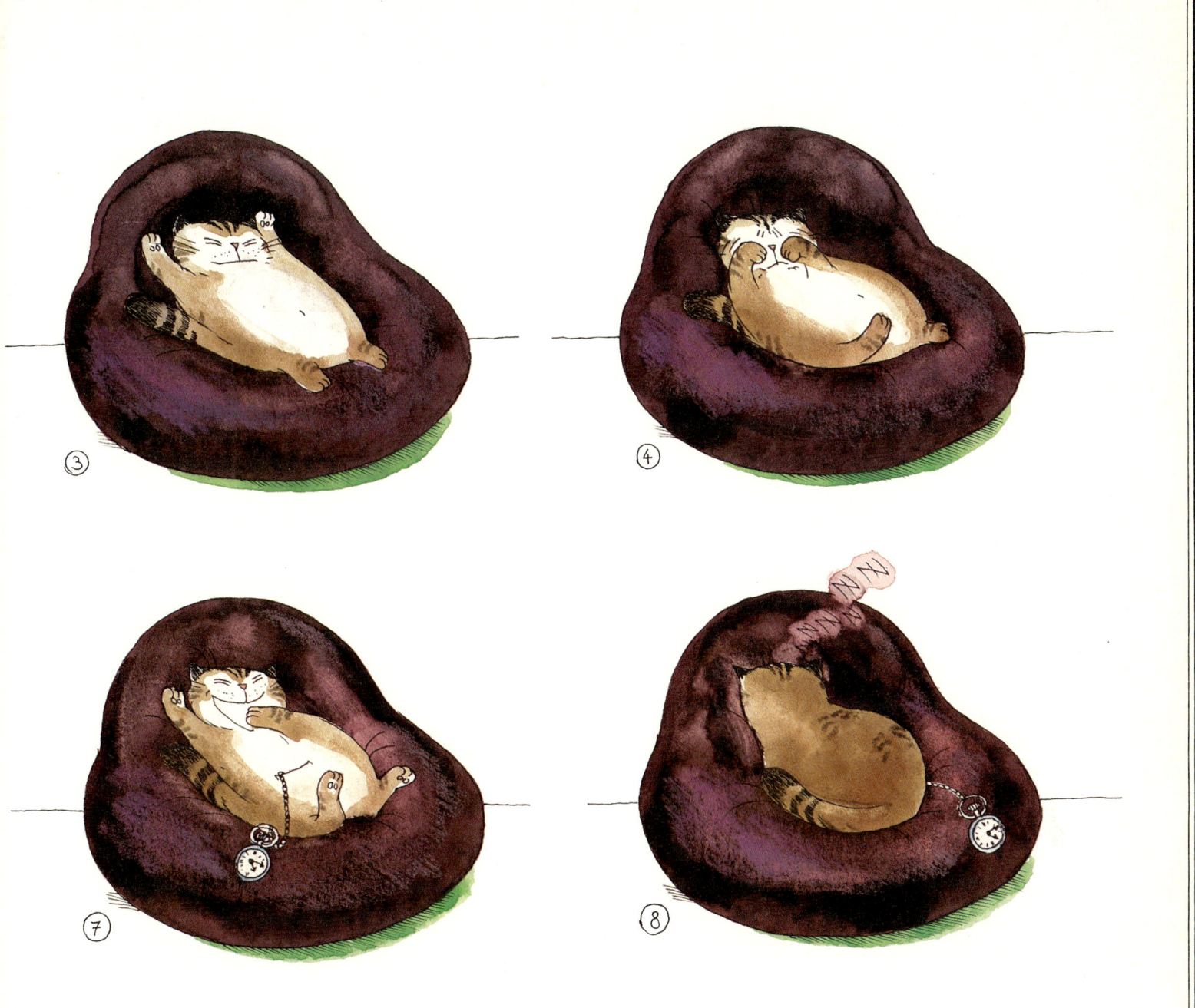

## UNE VENGEANCE MESQUINE

Mon humain m'a d'abord appelé Ronron. J'étais encore très petit. A chaque fois
qu'il me grattait doucement avec ses drôles de griffes
et que cela devenait particulièrement agréable, je faisais "ronron", et très fort.
Cela faisait rire mon humain. Il m'a donc appelé Ronron. J'ai trouvé cela très bien. Mais voilà!

Mon humain a remarqué assez vite que je lui étais vraiment supérieur.
Dans le noir, par exemple, je vois beaucoup mieux que lui.
Ainsi, la nuit, il lui arrive de se cogner et il se met à dire des choses vraiment bizarres.
De plus, je suis bien plus beau que lui,
et certainement plus intelligent, mais
je ne lui fais pas sentir.

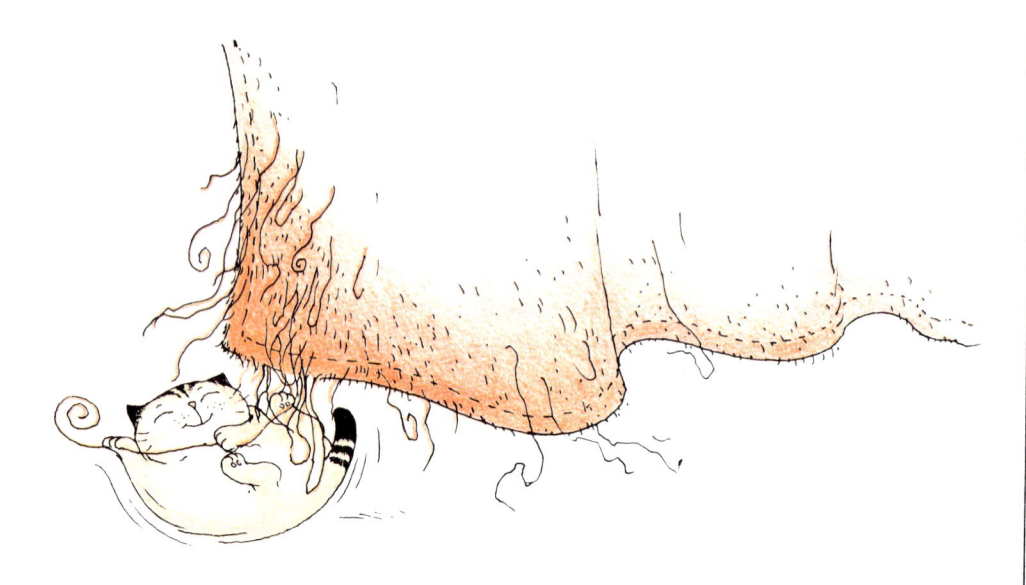

Lorsque mon humain s'est rendu compte à quel point je lui étais supérieur,
il n'a pas pu le supporter, car il est très vaniteux.
Et tout d'un coup, il s'est mis à pester contre moi de plus en plus souvent,
même pour pas grand-chose. Je n'avais même plus le droit de tirer un fil du manteau qu'il met le matin.
C'est pourtant tellement amusant! D'ailleurs le manteau est bien plus beau
avec les fils dehors. Mais je vous l'ai déjà dit,
mon humain est un peu simple.

Lorsque mon humain me grondait, ce n'était pas bien méchant à entendre
car Ronron, au fond, c'est toujours joli. Même si on fait des efforts,
on a du mal à le dire fort. Il m'était donc vraiment facile de faire la sourde oreille.
Lorsque mon humain s'en est rendu compte, il m'a appelé Jacob. Allez savoir pourquoi!
J'ai bien essayé de faire la sourde oreille, mais cela n'a pas marché longtemps. Alors,
je me suis habitué à Jacob.

Mais maintenant, mon humain a un truc qui marche. Il arrive à accentuer "Jacob" des façons
les plus invraisemblables:
"Jaaaaacooooob", très allongé, cela peut être assez inquiétant,
même si on le dit doucement. Ou alors un "Jacob" très bref et méchant,
en accentuant le "JA", cela me fait peur à chaque fois. Cela n'est pas agréable
non plus lorsqu'il dit "Jaaacob", avec un "cob" très bref
et quelque chose de menaçant dans la voix. Il sait alors
que je vais faire quelque chose qui lui déplaît. (*J'aimerais bien savoir comment il le devine!*)

En tout cas, il a maintenant de très nombreuses occasions de me gronder
et il en profite bien! Il m'arrive d'être vraiment content quand il n'est pas à la maison,
je peux alors faire de si belles choses! Bien entendu, dès qu'il rentre,
cela recommence. Mais je vais le laisser tranquille si cela peut lui donner confiance en lui.

28

29

① ② ③ ④

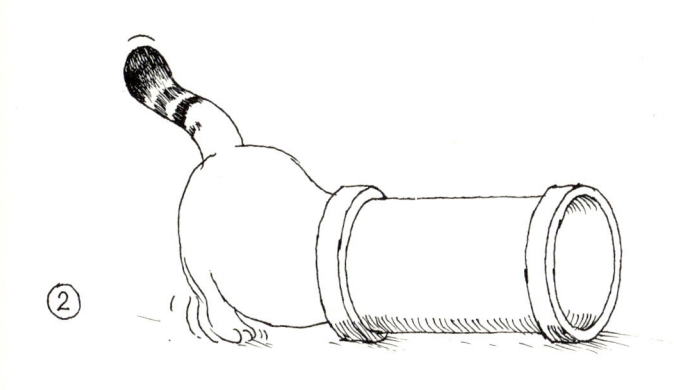

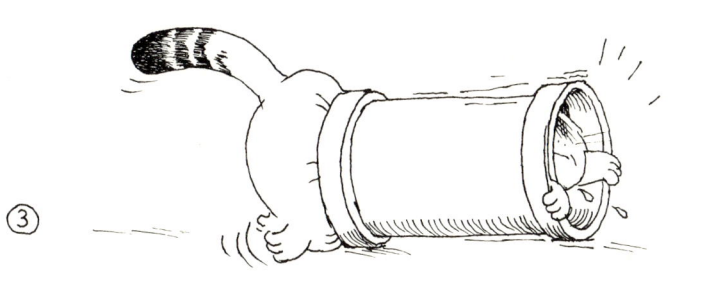

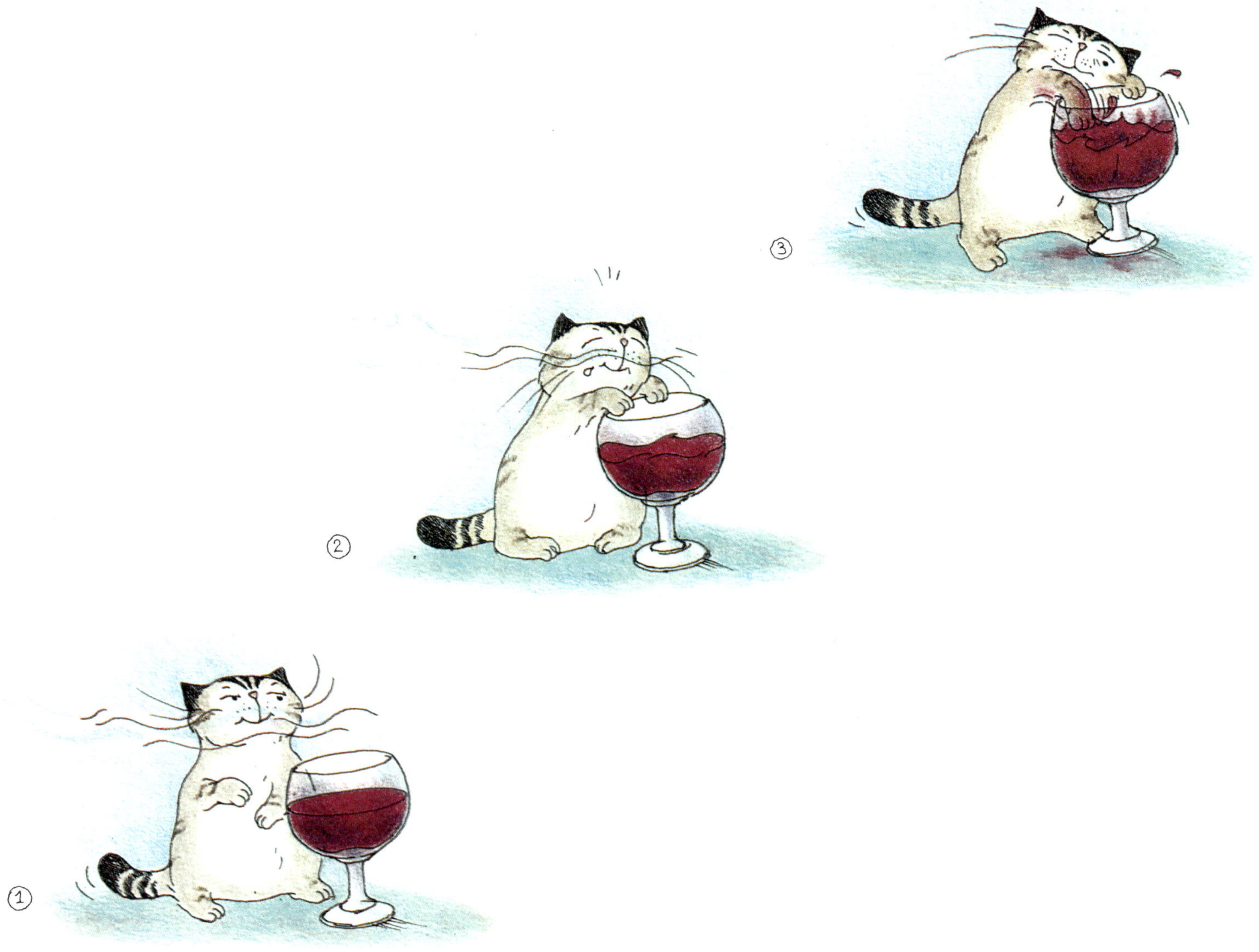

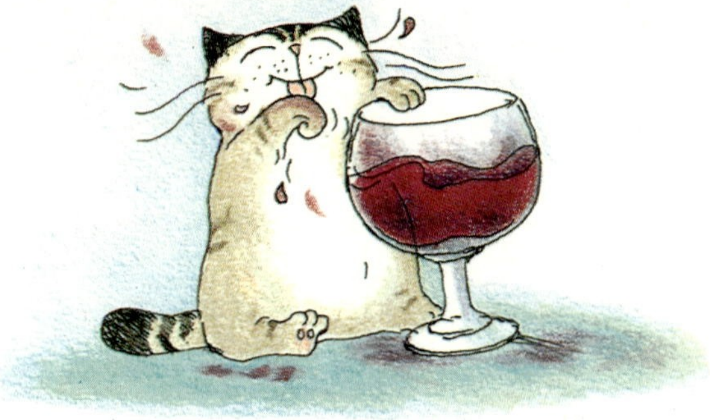

(4)

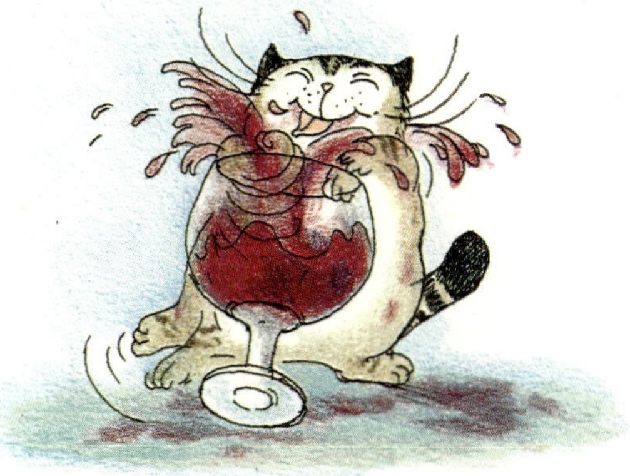

(5)

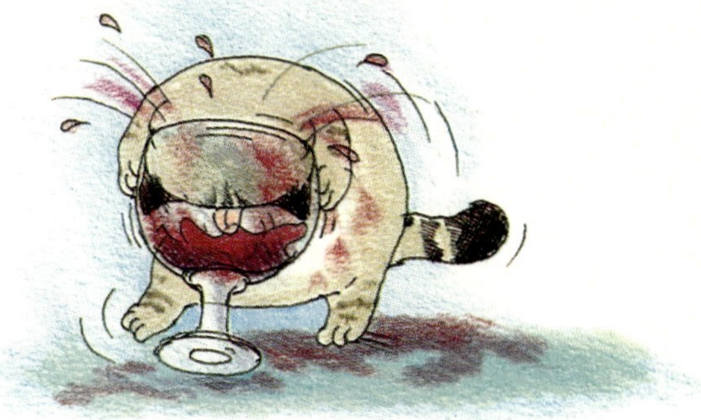

(6)

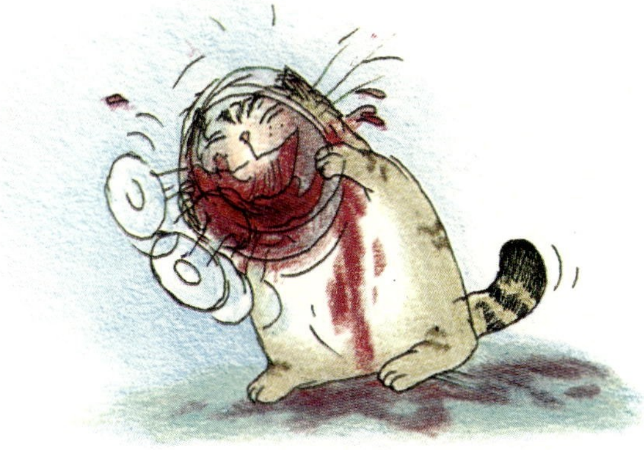

(7)

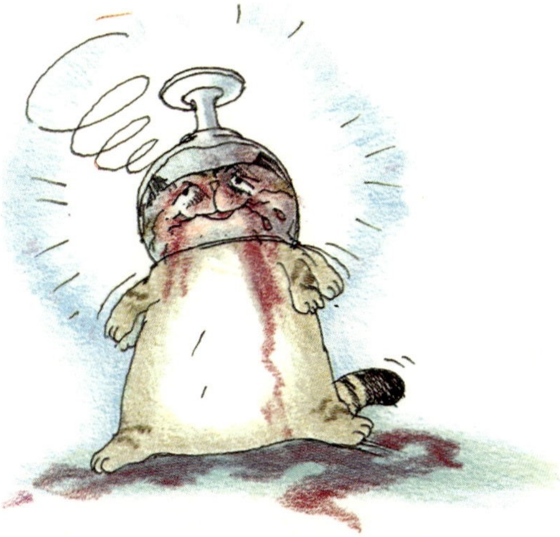

(8)

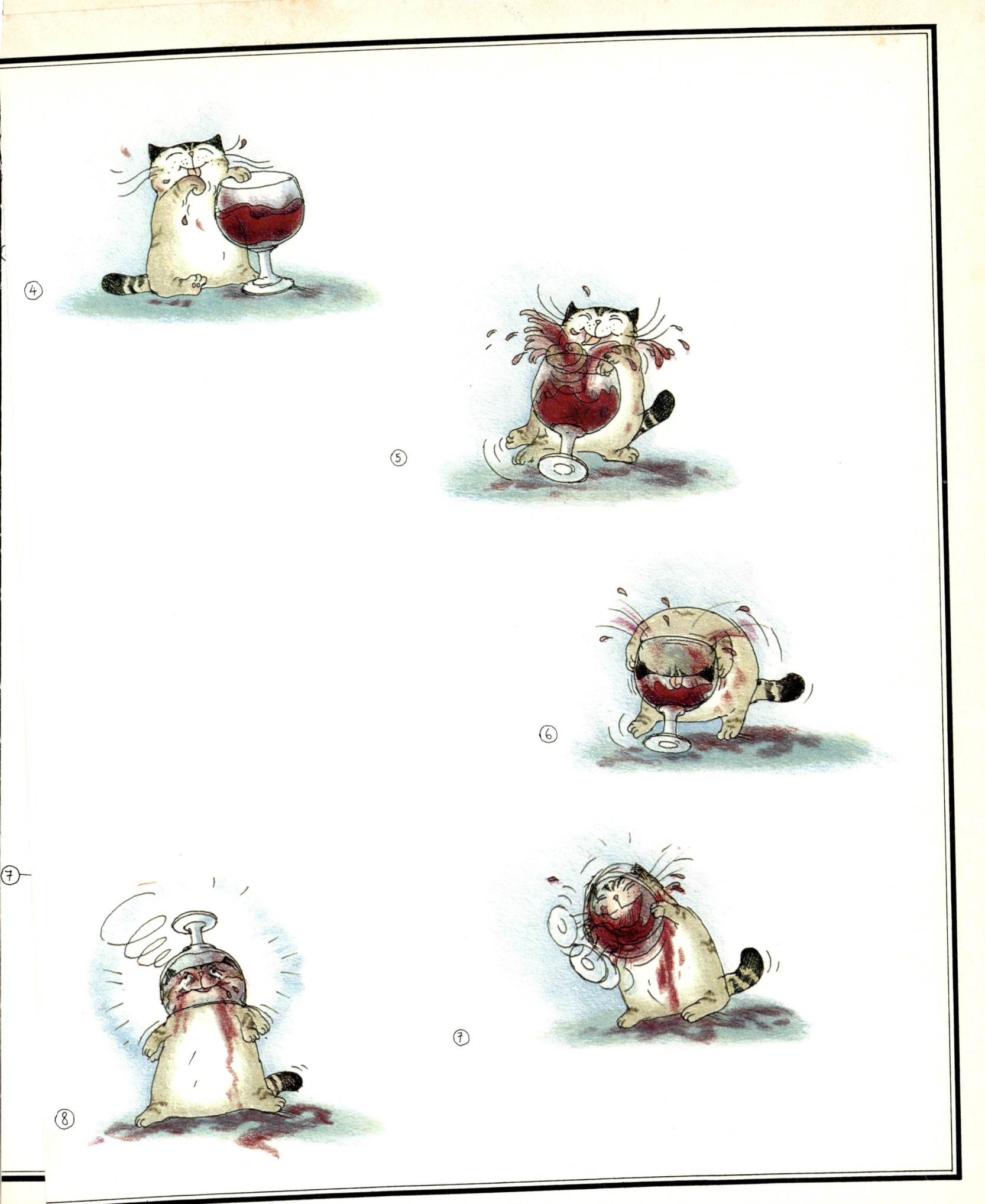

38

39

①

②

③

④

⑤

⑥

41

## LE TRUC NOIR

Mon humain est bizarre sur bien des plans mais il est également lunatique. Parfois
j'ai le droit de faire une chose, parfois non — tout dépend de son humeur.
Ça n'a pas l'air de le gêner de se conduire ainsi
mais moi, j'appelle cela de la légèreté.

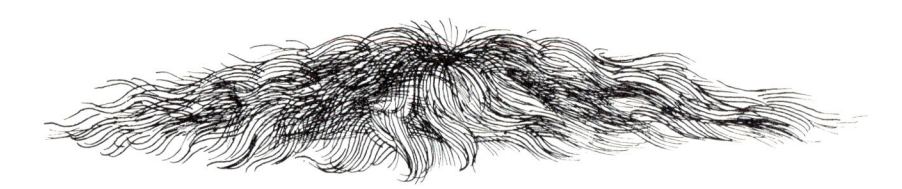

Hier, a nouveau, j'ai dû en subir les conséquences. Dans la chambre, il y a devant le lit
une espèce de truc noir et bouclé avec lequel il m'arrive de me bagarrer.
Voilà comment cela se passe: je vais dans le couloir
et je prends beaucoup de recul (car on a besoin d'élan) et puis
je me fais tout petit pour que ce truc ne remarque rien, et c'est parti:
je franchis le couloir et la porte et, d'un bond gracieux,
je saute en plein dessus. Il veut alors se sauver mais je le tiens bien. Nous glissons
jusqu'au mur, nous rebondissons et, alors,
le truc noir se jette sur moi. La plupart du temps, il me recouvre complètement et je ne peux plus rien voir.
Alors je me déchaîne et je m'en "occupe" pour de bon jusqu'à ce qu'il ne bouge plus du tout.
Chaque fois que mon humain est témoin, il rit et m'applaudit, et j'en suis vraiment fier. Vous savez,
le truc est bien plus grand que moi.

49

50

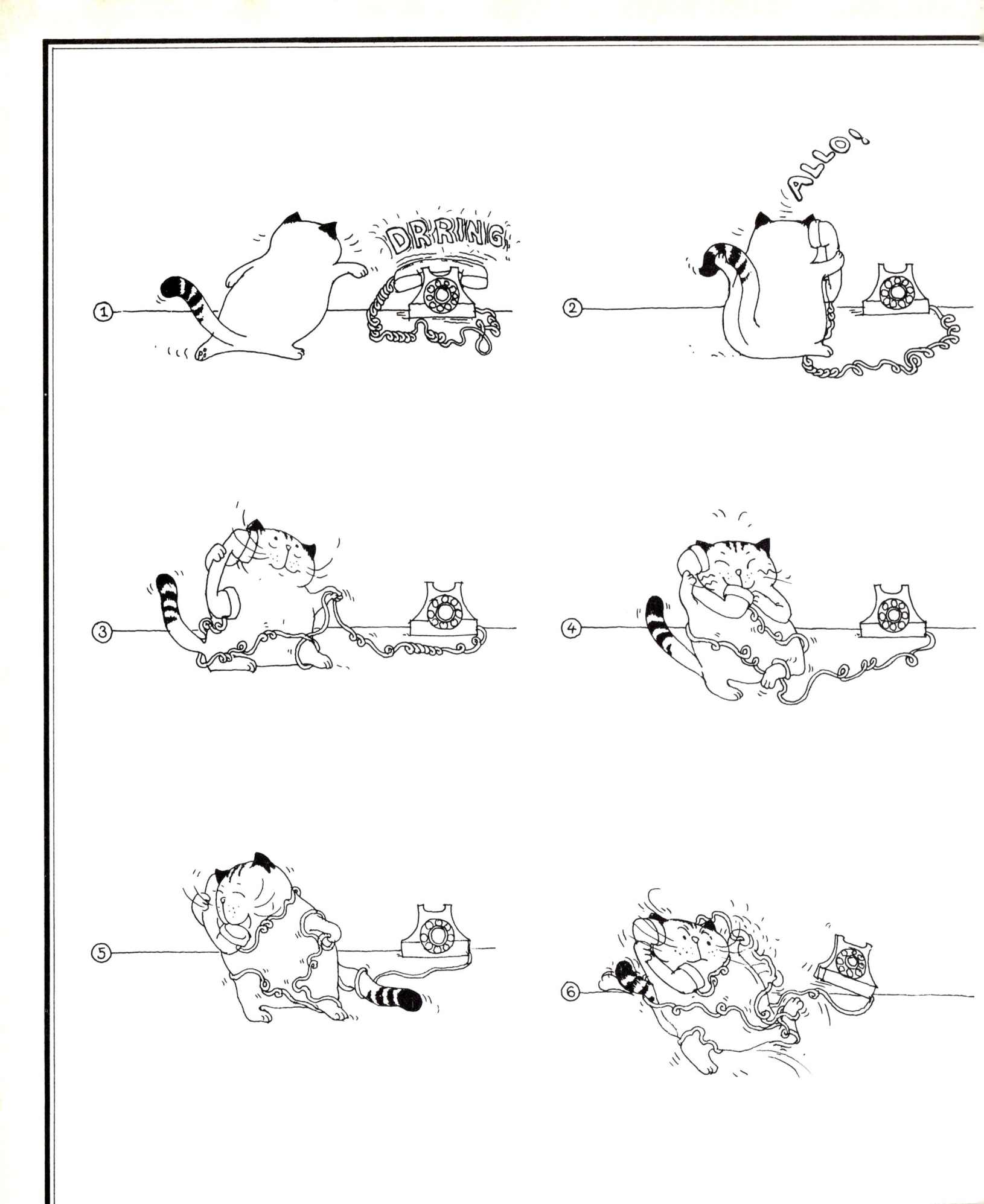

51

LE VASE DE VENISE

Vraiment, mon humain n'est pas très malin et, en plus,
il n'est pas capable de me comprendre.

L n'y a pas longtemps, j'étais dans la petite pièce, il s'y assied
tous les matins et il me caresse quand je suis là. Quand j'en ai assez d'être caressé,
il tire sur un ruban rose et se frotte le dos. Puis il se lève de son siège
qui fait alors un drôle de bruit. Cela m'énerve assez, parce que je ne sais pas d'où vient le bruit.
Le siège se plaint probablement
parce que mon humain ne veut plus rester assis dessus.

ÉTAIS donc dans cette petite pièce, il n'y a pas longtemps, mon humain n'était pas là. Moi aussi,
j'ai tiré sur le rouleau rose et il en est sorti un ruban avec lequel on pouvait vraiment bien s'amuser.
Il était tout doux et très facile à déchirer. Alors
j'en ai fait des tas de jolis petits morceaux, certains plus grands, d'autres plus petits.
Ensuite j'ai disposé les petits morceaux partout dans la petite pièce
pour faire plaisir à mon humain. Il aime tellement chercher
lorsque je lui cache quelque chose.

Lorsque mon humain est rentré, ça n'a pas eu l'air de lui faire plaisir du tout.
Il n'a cessé de me regarder méchamment, d'un air soupçonneux en marmonnant
des choses incompréhensibles. Je crois vraiment
qu'il n'est pas très malin. Peut-être que je n'ai pas bien disposé les petits morceaux de ruban.
Dans ce cas-là, c'est lui qui aurait raison.

Aujourd'hui, j'ai mieux fait les choses. Mon humain aime ces choses de toutes les couleurs
qui sont sur de longues tiges minces, bien serrées dans un pot. Elles ressemblent à des fleurs
sauf qu'elles sont toutes sèches. Mon humain les a depuis longtemps
et il les laisse toujours dans le même pot: il n'a vraiment aucune imagination.
J'ai donc enlevé les choses de toutes les couleurs de leurs tiges minces
— cela fait un bruit si agréable — et cette fois-ci, j'en ai mis dans tout l'appartement
pour que mon humain les voie partout. Comme cela,
il en profite bien plus et c'est plus facile de s'amuser avec.
Et dire que ça ne lui était jamais venu à l'idée!

Cette fois, je suis sûr de lui faire très plaisir.
L'ennui, c'est que j'ai un peu abîmé le vase. De toute façon,
c'était un vase de Venise et il était très, très vieux.

① ② ③ ④

55

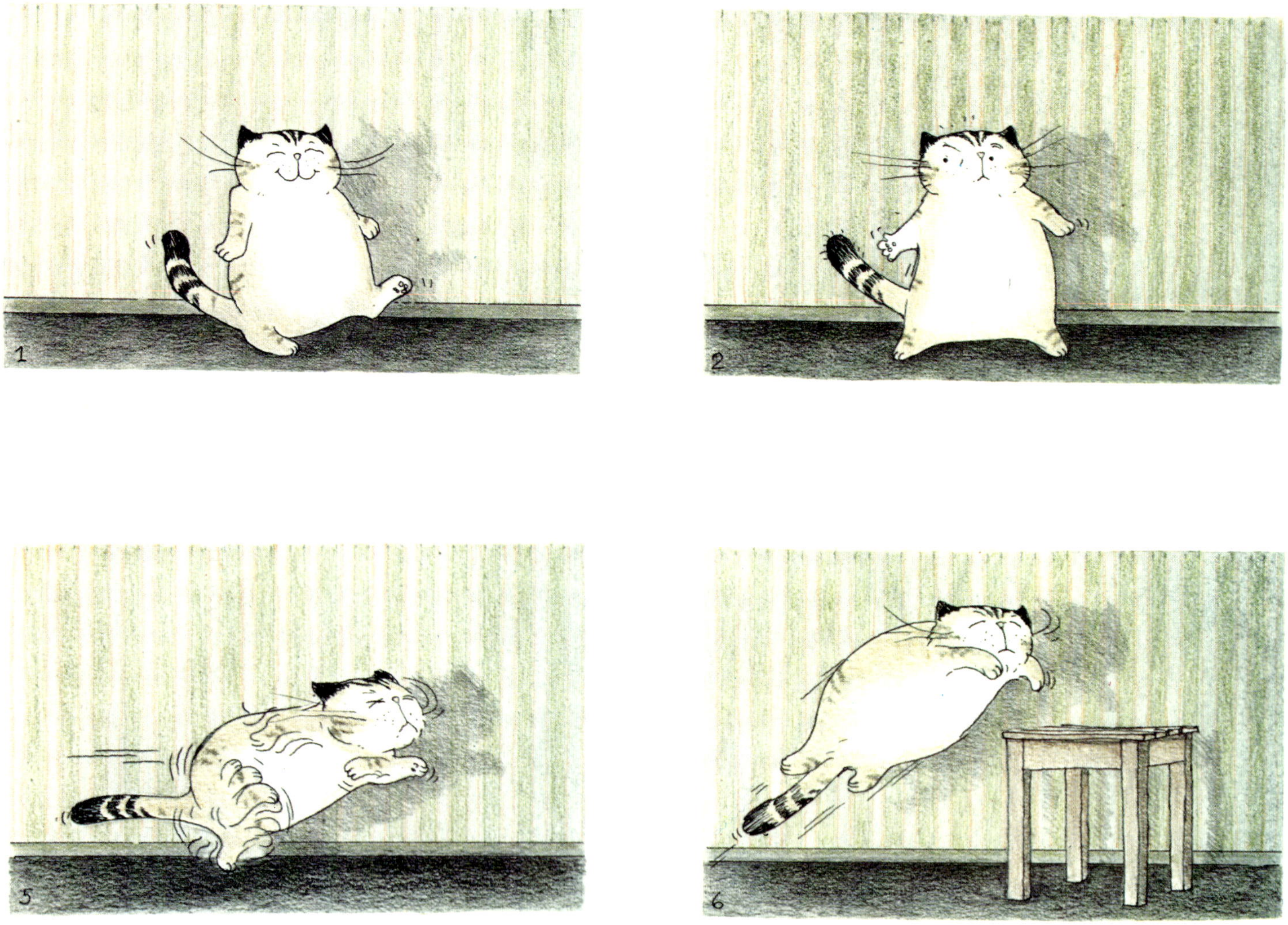
1
2
5
6

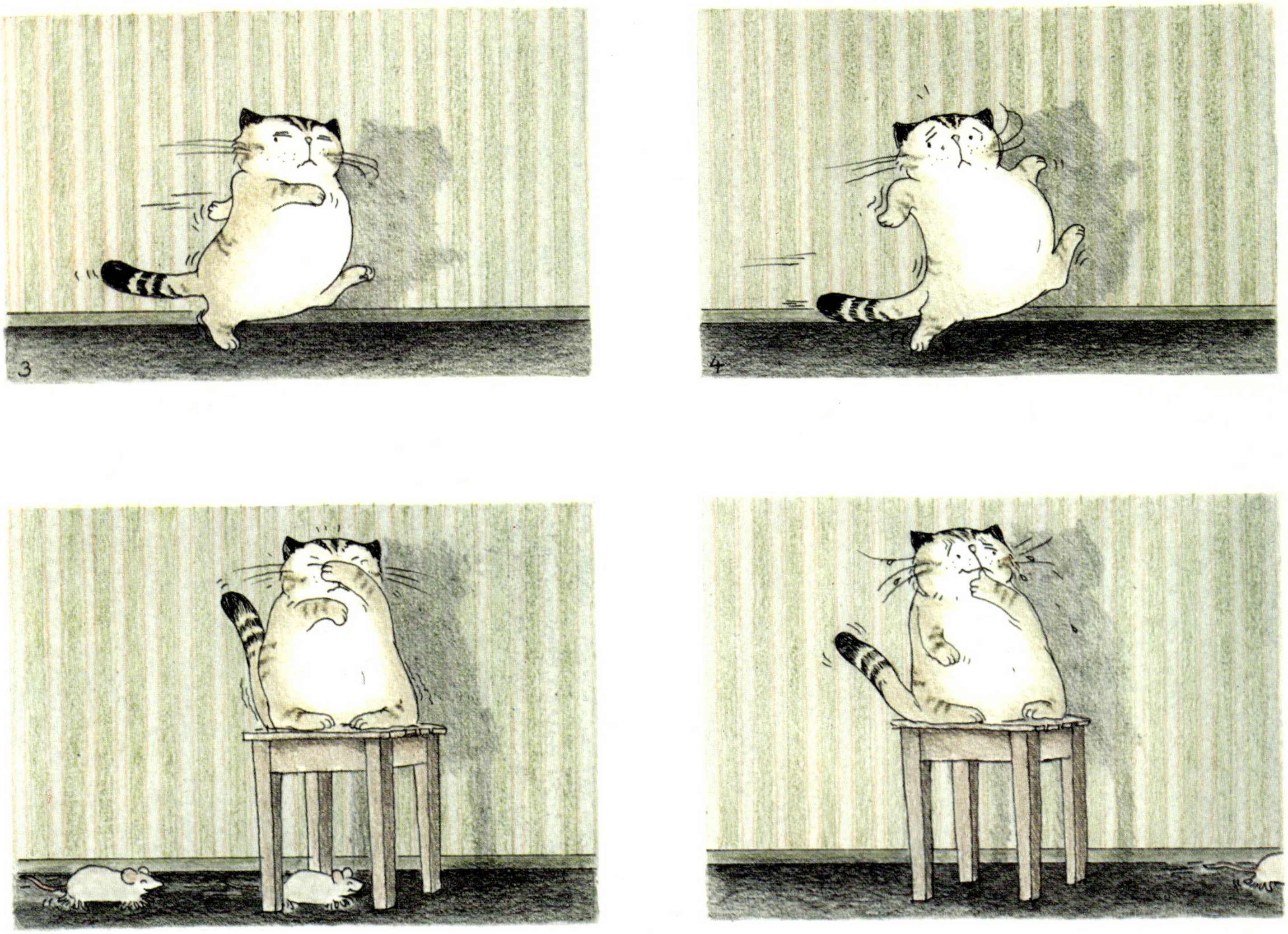
3
4

## LE POINT JAUNE

C'est comme cela, mon humain change sans cesse d'opinion. Prenons par exemple ces points noirs
qui volent et se posent n'importe où. J'essaie toujours de les attraper, c'est passionnant!
Ils ronronnent très fort et ils craquent si bien sous la dent.

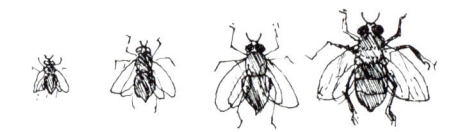

Mon humain est très content quand j'attrape les points noirs. Dans la cuisine,
ils se posent parfois sur le tissu fin devant la fenêtre. Alors il faut que je fasse des petits trous dans le tissu,
mais ce ne sont vraiment que de tout petits trous. Comme cela, c'est plus facile d'atteindre les points.
Mais alors, mon humain se met tout à coup à crier. Je ne comprends pas,
on attrape pourtant les points beaucoup plus vite à travers les trous; en plus,
ça permet de regarder plus facilement dehors!

Le jour où j'ai voulu attraper un point jaune, j'ai compris à quel point mon humain était un être faux.
Le point jaune était beaucoup plus gros que les points noirs
et il ronronnait également plus fort. Quand j'ai voulu l'attraper pour faire plaisir à mon humain,
le point m'a mordu le nez!
J'ai eu tellement peur que j'ai couru à travers tout l'appartement en me frottant le nez.
Il faut dire que cela faisait vraiment mal. Et vous savez ce qui s'est passé?
L'humain a ri. Et comment!
Et d'un rire vraiment . . . malveillant!

APRES cela, j'ai sauté sur son bureau,

c'est là qu'il colorie les papiers et qu'il y trace des lignes avec les bâtonnets. J'ai jeté

tous les papiers par terre, et aussi les bâtonnets. Ils étaient là

sur le bureau — et il y en avait vraiment beaucoup — tous bien alignés les uns à côté des autres.

Je me suis amusé avec ces bâtonnets et j'en ai caché quelques-uns

ainsi qu'un petit carré. Lorsqu'on jette ce carré en l'air et qu'il retombe par terre,

il est tout déchaîné et il rebondit

dans tous les sens. Je l'ai gardé pour les moments de loisir,

quand mon humain n'est pas là.

LORSQU'IL est rentré à la maison, il a cherché et crié comme un fou. Mais cette fois-ci,

je n'y ai prêté aucune attention, je suis allé dans la cuisine

et j'ai bu mon lait comme si de rien n'était.

Quelle preuve a-t-il contre moi?

VOILA comment je l'éduque! La prochaine fois

que je me ferai mal,

il n'aura sûrement pas envie de rire !

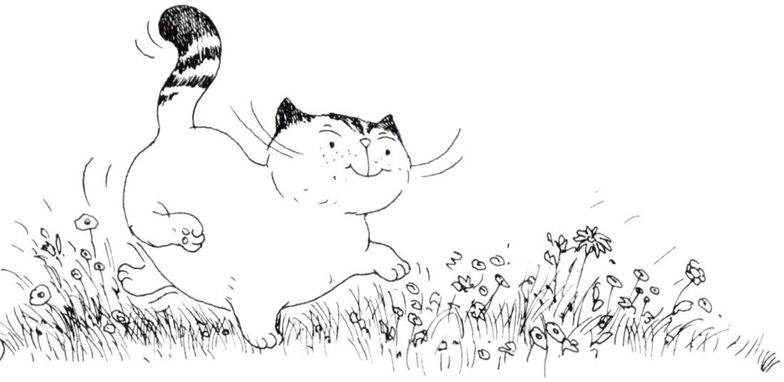
1

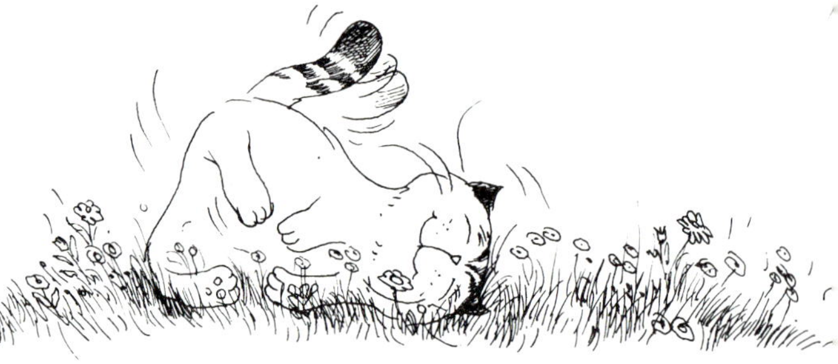
2

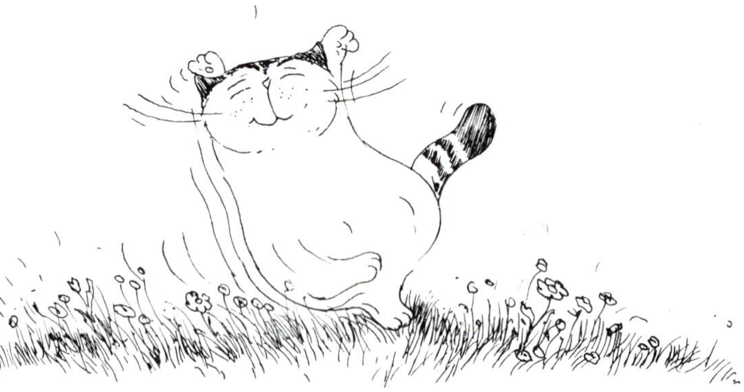
5

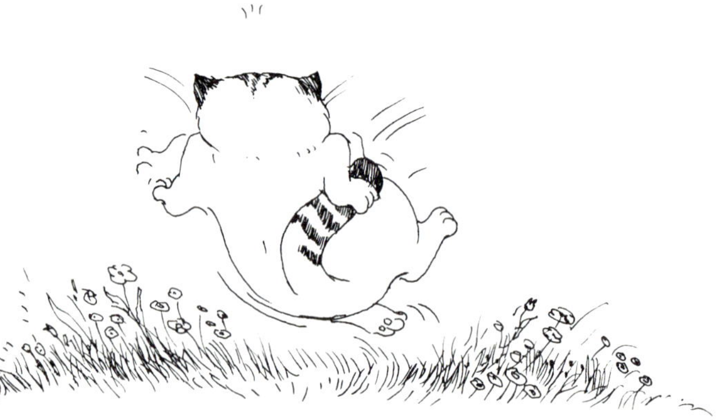
6

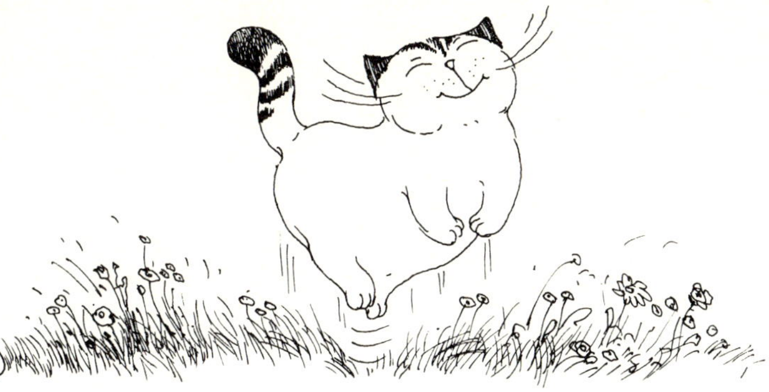

3

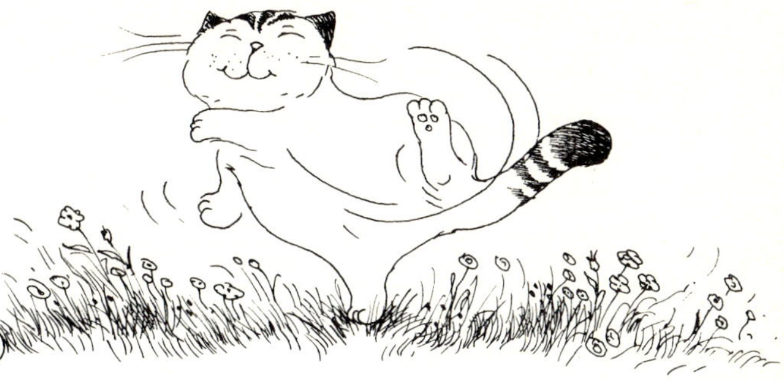

4

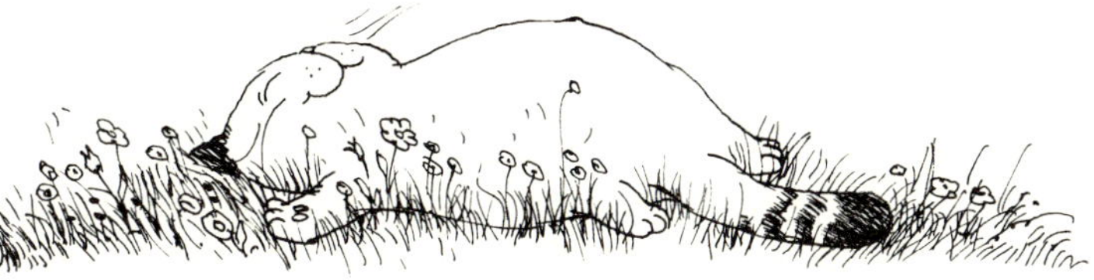

7

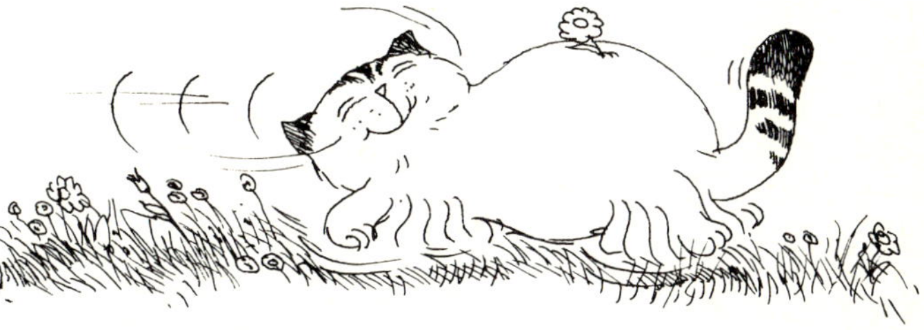

8

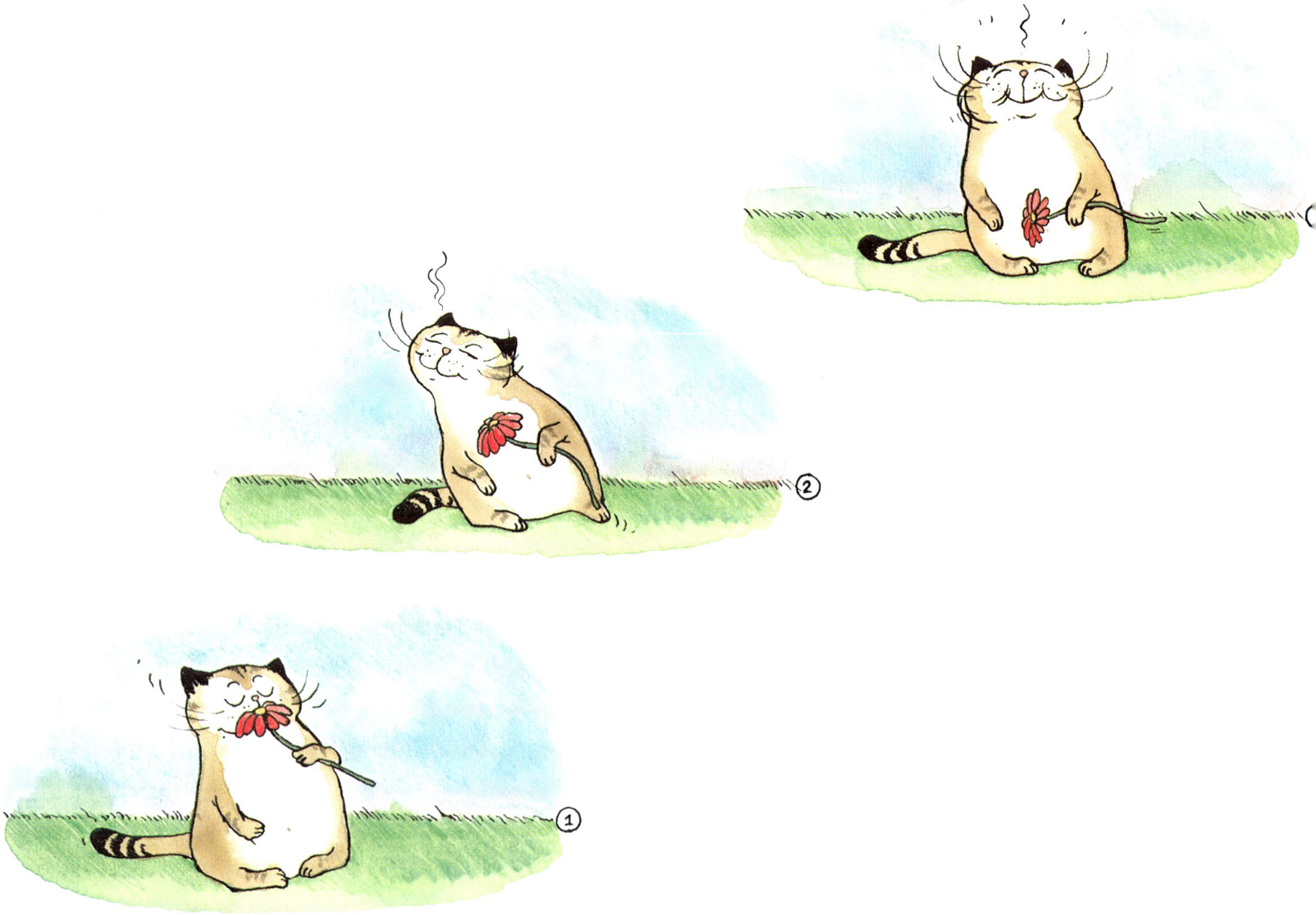
2
1

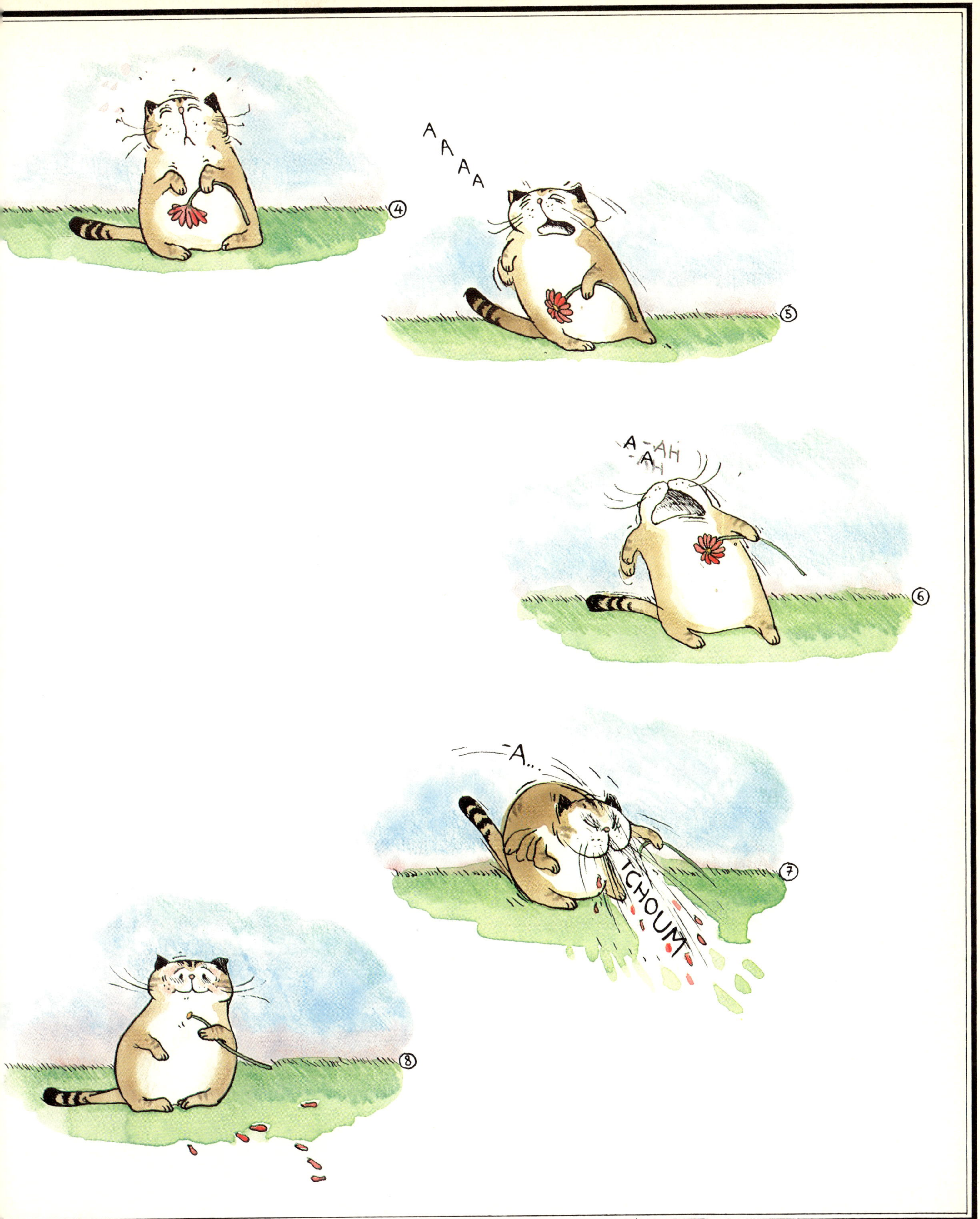
④
AAAA
⑤
A-AH
-AH
⑥
-A..
TCHOUM
⑦
⑧

64

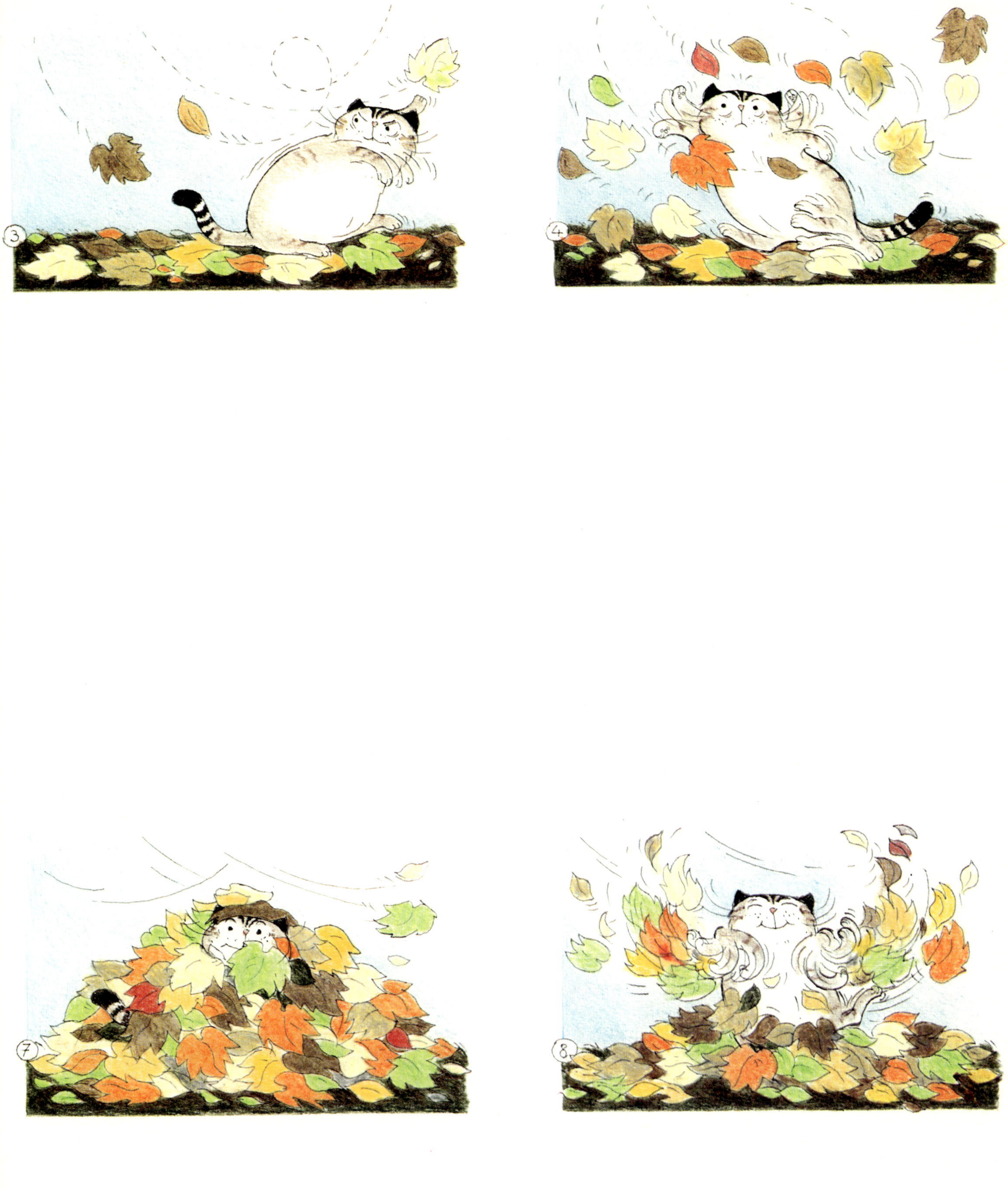
3
4
7
8

## ON N'A RIEN SANS PEINE

ÉDUQUER un humain, c'est vraiment assez fatigant mais cela en vaut la peine.
Et ils nous en sont reconnaissants, les humains! Chaque soir, je reçois quelque chose de bon à manger
uniquement parce que j'ai bien fait son éducation pendant la journée.

MAIS les humains ont des habitudes épouvantables: le mien, par exemple,
ne boit ni du lait ni de l'eau. En tout cas, je ne l'ai encore jamais vu le faire.
Soit il boit quelque chose de noir et chaud — cela ne sent pas bon mais c'est supportable —,
soit il boit dans des espèces de petites jattes: on peut voir à travers, et ce qu'il boit
ne sent vraiment pas bon. C'est un peu comme de l'eau mais plus jaune.
Il veut toujours que je boive avec lui, mais moi,
je ne veux pas. Rien que d'en sentir l'odeur, mes poils se dressent sur mon dos.

PARFOIS, quand mon humain rentre à la maison, il a vraiment cette odeur. Il rit sans cesse
ou alors il chante des chansons pas comme il faut et il est, d'une manière générale, très bizarre.
Tout cela me casse les oreilles
et je ne le supporte pas du tout. Il veut alors me caresser mais je ne me laisse pas faire:
on ne me caresse que quand je le veux!

Et puis je veux un humain comme il faut! Je m'éloigne donc d'un air dégouté ou alors, je me perche sur une armoire et je ne cesse de le regarder d'un air plein de reproche.

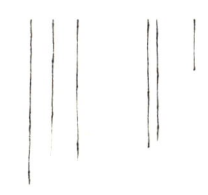

Je crois qu'il en est très affecté car,
le lendemain, il est de nouveau tout à fait normal. Mais il lui arrive de me regarder du coin de l'œil.
Peut-être pense-t-il que je le méprise.
Ce n'est pas le cas: je ne suis pas du tout comme cela

En tout cas, il se comporte ensuite très bien pendant un certain temps.
Je vous le disais bien: cela vaut la peine
d'éduquer quelqu'un!

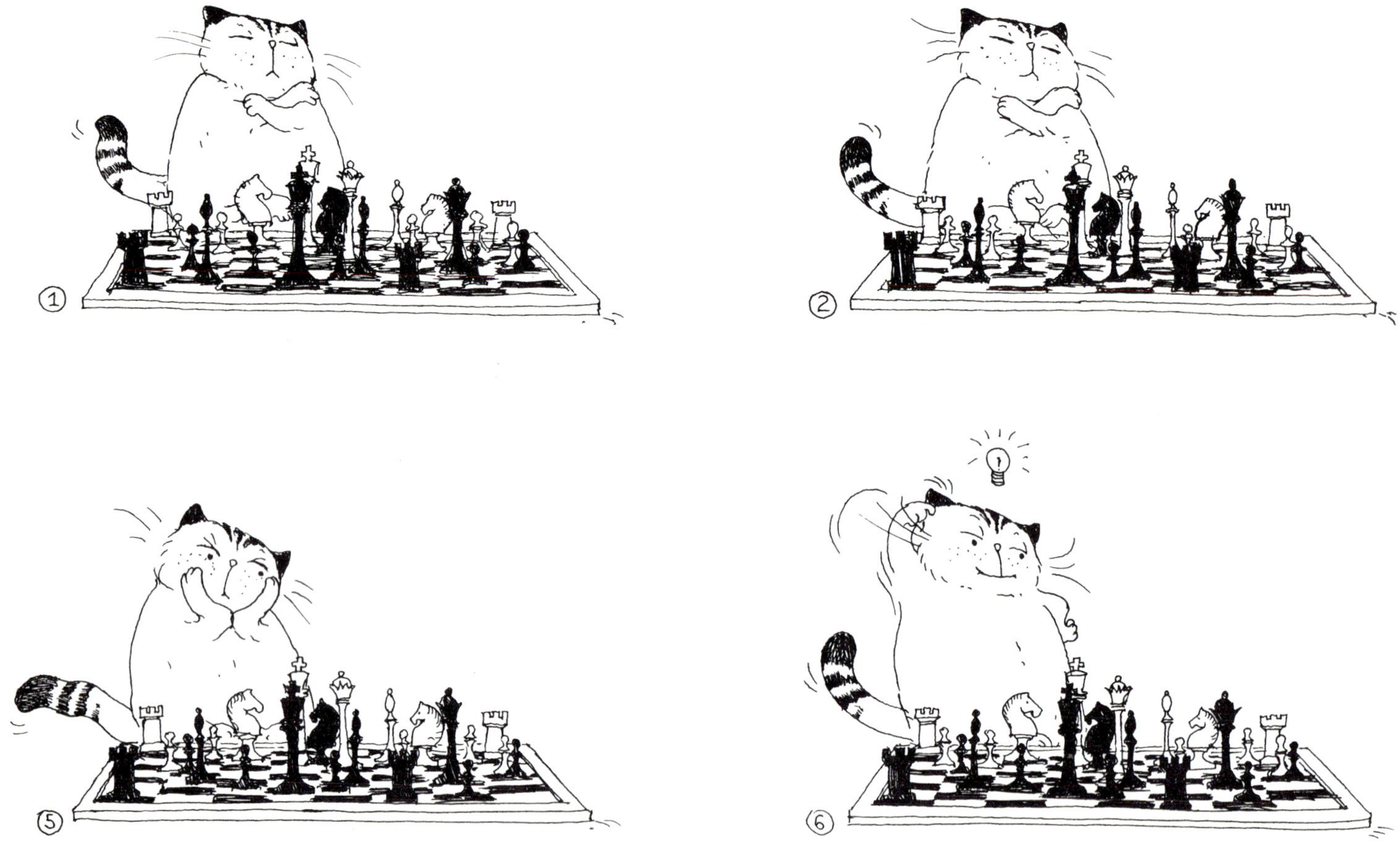
1
2
5
6

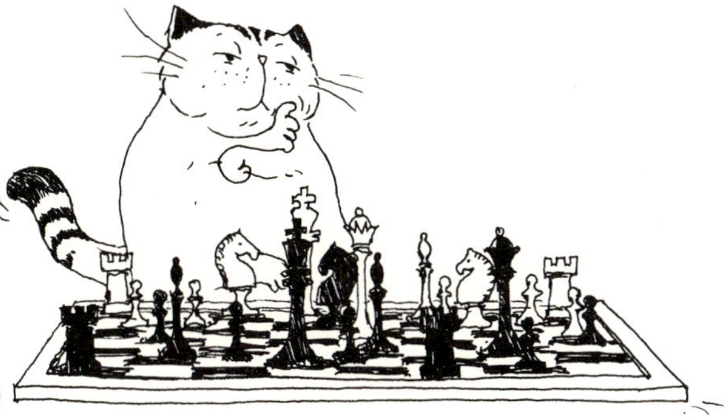

③

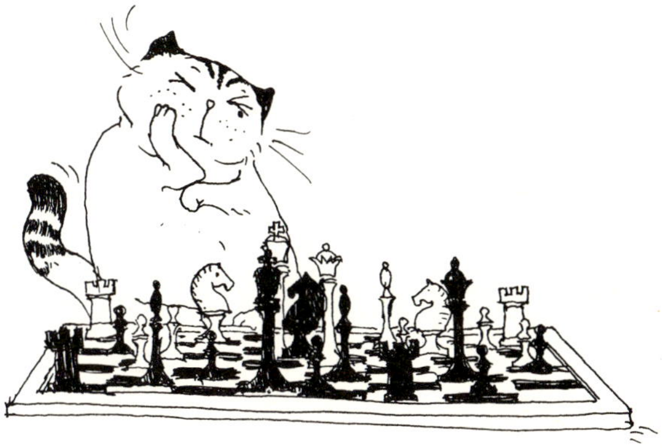

④

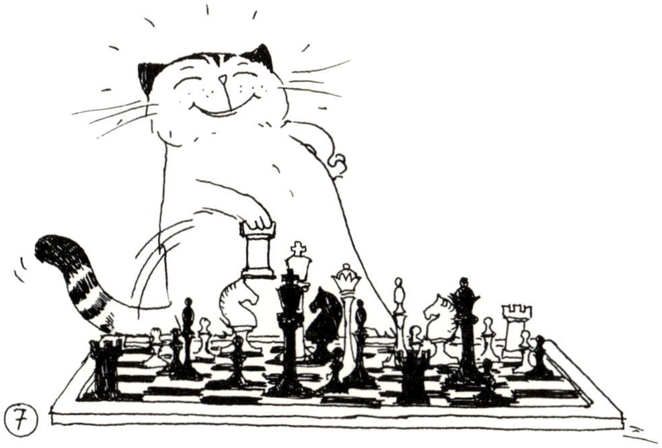

⑦

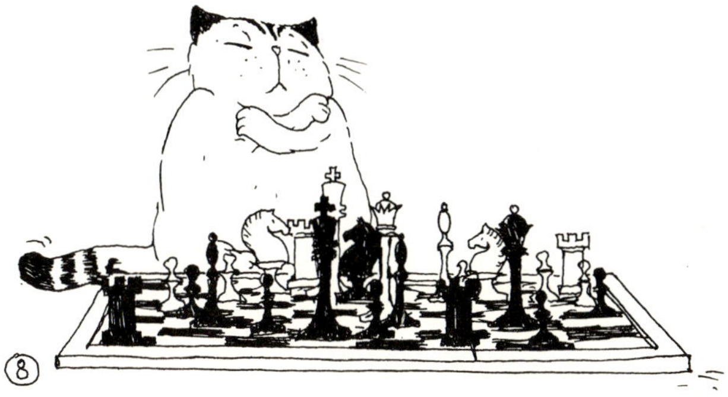

⑧

① 

② 

③ 

④ 

70

71

72

1.
2.
3.
4.

## UNE TERRIBLE DÉCOUVERTE

Hier, il s'est passé quelque chose de terrible et je dois vous avouer qu'il m'a bien déçu, mon humain !
A vrai dire,
je suis encore un peu sous le choc et je ne sais pas du tout par où commencer.

Mon humain, vous le savez, passe son temps
à faire des traits avec des bâtonnets sur son papier et, parfois il le colorie.
Il me regarde alors de temps à autre, puis il regarde de nouveau son papier
en ricanant de façon bizarre.

Son ricanement m'avait souvent paru suspect. Hier, j'ai voulu en avoir le cœur net.
En son absence, j'ai sauté sur le bureau et j'ai regardé les papiers d'un peu plus près. J'ai vu les traits et,
tout d'un coup, je me suis rendu compte que les traits ressemblaient à un animal.
Cela avait en effet quatre pattes,
de vraies oreilles et une queue. Mais quel animal horrible!
A ce moment précis, mon humain est entré dans la pièce.
J'ai eu peur, car il n'aime pas que je sois sur son bureau,
mais il était trop tard. Je n'ai donc pas bougé et j'ai fait comme si cela allait de soi.

Mon humain s'est approché et il allait se mettre à crier car il a aspiré beaucoup d'air. Mais tout à coup,
il a rejeté tout l'air et il a dit: "Oui, Jacob, c'est toi"
et il a de nouveau ricané en montrant l'horrible animal fait de traits.

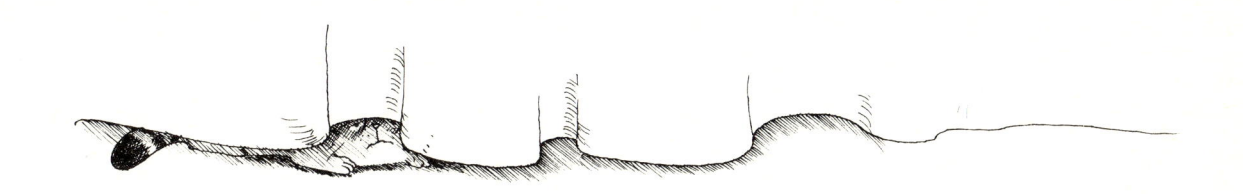

J'ai sauté de la table et je me suis caché sous le lit de notre chambre à coucher
tellement j'étais horrifié! Je ne suis même pas venu manger, je ne me suis plus du tout montré. Mais
mon humain ne s'en est pas soucié (cela aussi m'a mis en colère). Et puis, il est parti.

En un rien de temps, j'étais de nouveau à côté des papiers avec les horribles traits en forme d'animal.
L'animal était toujours là. J'ai de nouveau eu un choc. C'était moi, ça?
Quel toupet!
Je me suis alors regardé dans une glace et cela m'a un peu rassuré: il n'y avait vraiment aucune ressemblance.
J'ai ensuite continué à examiner les papiers avec les traits.
Il avait fait différents animaux qui sont censés me représenter,
et ils ne font que des bêtises. jamais je ne ferais des choses pareilles! Autrement dit,
ce qu'il y a sur le papier, ce sont des mensonges!

Aujourd'hui, je ne lui parlerai pas. C'est dommage, car cela m'ennuie,
moi aussi. Je ne devrais peut-être pas être aussi sévère. Au fond, il s'intéresse à moi,
même si je ne lui inspire que des traits. Il se donne tellement de mal!
Tant pis après tout si les traits donnent quelque chose d'horrible!
Que voulez-vous, il est incapable de faire mieux!

76

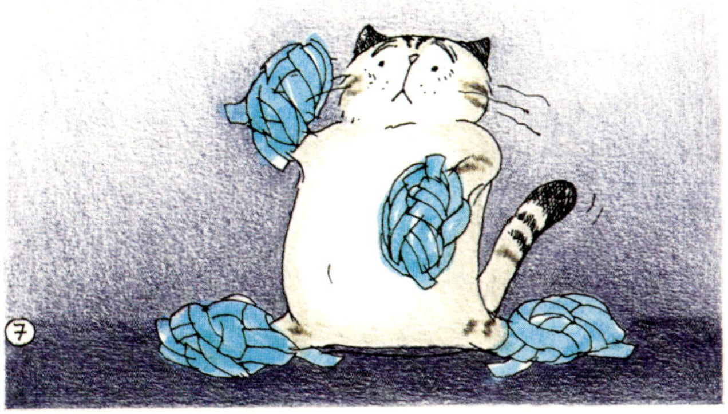
7

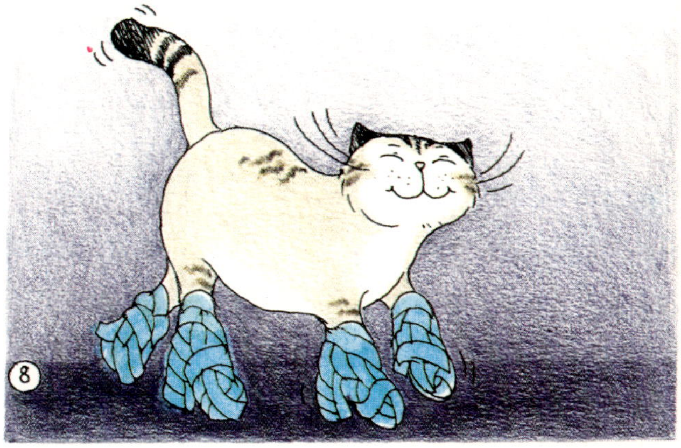
8

78

## QUAND LA JOURNÉE SE TERMINE

**J**e l'aime bien au fond, mon humain. Il fait presque tout ce que je veux.
Je lui laisse quand même beaucoup de liberté,
sinon il perdrait son indépendance. Je le laisse également crier et me courir après —
puisque ma façon de voir les choses ne lui plaît pas. D'ailleurs,
il en a besoin. Cela lui permet de rester mince et cela lui fortifie les poumons. Mais le soir,
je suis très fatigué: une journée avec un humain, c'est plus dur qu'on ne pense.
Je me couche alors toujours sur mon humain. De sa patte avec des griffes molles,
il me gratte doucement derrière les oreilles, entre les deux yeux
ou ailleurs, et de l'autre patte, il continue à faire ses traits sur le papier.

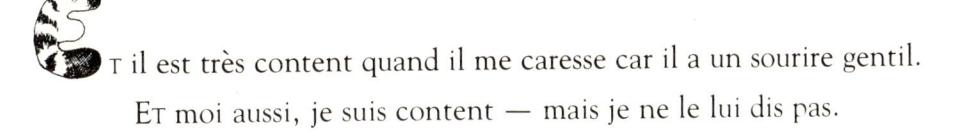

**E**t il est très content quand il me caresse car il a un sourire gentil.
Et moi aussi, je suis content — mais je ne le lui dis pas.

First U.S. Edition 1981 by
Barron's Educational Series, Inc.
113 Crossways Park Drive
Woodbury, New York 11797

Traduit de l'allemand par Francois Lang

©1974, 1977: Benteli Verlag,
3011 Berne, Suisse.
Titre de l'édition originale:
Jakob-Kleine Katzengeschichten

Droits pour l'édition en langue française
par accord avec
Barron's Educational Series, Inc.,
Woodbury, New York 11797:
Editions Herscher, Paris.

Tous droits réservés

Aucune reproduction ou utilisation de cet ouvrage
n'est autorisée sous aucune forme
et par quelque procédé que ce soit
(graphique, électronique ou mécanique,
enregistrement sur disques ou bandes
ou tout autre procédé existant ou futur)
sans autorisation de l'éditeur.

Imprimé à Hong Kong au mois de juin 1981

ISBN: 0-8120-2408-7
Dépôt légal: 0017- 3ème trimestre 1981